Tatsunokotarou
竜ノ湖太郎
illustration
天之有

Kadokawa Fantastic Novels

問題兒童都來自異世界？
衛尾蛇的聯盟旗
contents

第五
148
第六章
160
第七章
189
第八章
215
終　章
227
後　記
244

Character

問題兒童之三

春日部耀

恩賜名

「生命目錄」（Genom Tree）與「No Former」

問題兒童之二

久遠飛鳥

恩賜名

「威光」

問題兒童之一

逆迴十六夜

恩賜名

「真相不明」（Code Unknown）

召喚問題兒童們來此的罪魁禍首，「No Name」的賞玩用小動物。

黑兔

東區階層支配者，外表是和服蘿莉少女。

白夜叉

前任魔王，吸血鬼的純血種。現在是女僕！

蕾蒂西亞

共同體「No Name」的領導者

仁

MAP
階層支配者
「Salamandra」
珊朵拉
北
境界壁
5
6
4
3
2
世界軸
箱庭2105380
「No Name」根據地
東
→世界的盡頭→
西
???
階層支配者
「Thousand Eyes」
白夜叉
1
7
9
8
南
階層支配者
「缺席」

序章

黑麥田裡的麥穗隨著從高台上吹下來的風搖晃，形成了一片麥浪。

原先青翠的新葉綠毯隨著季節推移而變換色彩，現在已經化為美麗黃金色覆蓋了整片麥田。在其他土地都必須擔心歉收的情況下，只有這片地域彷彿獲得了恩惠，無論黑麥或葡萄都被預測可望豐收。

「哎呀～今年多虧有　　　　小姐才能豐收呢！」

一名看來似乎是農奴的老人笑著對正在眺望麥浪的女孩說道。

女孩也回應般地露出了從容微笑。對於生為邊境貴族的女孩來說，這片土地是她唯一能引以自豪之物。

雖說是貴族，然而當時要求女兒必須具備教養的文化尚不存在，因此女孩的身分充其量只是「家中財產之一」這種程度，差別只在於要招贅或是要出嫁。

「用來和其他家族聯繫姻緣好讓自家能富裕的一顆棋子」——這就是女孩的資產價值。

領地位於國家角落的女孩家附近並沒有學校或修道院之類，周遭人們也只把她當成「用來維繫新血緣的女孩」。

在邊境的土地遭到放養般對待的女孩當然沒有貴族的朋友，玩伴都是那些耕地農奴的小孩們。

同時具備淑女氣質和男孩子氣調皮的女孩學會了在戶外玩樂，學會了以土地實驗，還把握了培育麥田的技術。

也因為她的祖父是位愛書人，女孩靠自學取得閱讀書寫能力，還讀遍了各式書籍。之後她瞞著父親，實踐了祖父在過世前購入的未開封書籍上所記載的新農作理論。如果女孩的父親能不介意當時潮流而允許她投身於學習，一族應該會走上不同的歷史吧。

成果正是眼前這片往外延伸的黃金麥浪。因為近年罕見的大豐收而雀躍不已的農奴們不分男女老幼都圍住了女孩，七嘴八舌地頌揚她。

「　　小姐真了不起！最近一直都歉收卻能有這樣的成果！」

「這幾年都沒什麼陽光，本來還覺得貧瘠的土地沒有希望結實而正打算放棄呢！」

「聽說撐不過冬天的農奴們紛紛因為恐怖的流行病倒下…………要是沒有　　小姐，真不知道我們已經如何了！」

無論是和她年紀相仿的小孩，還是已經彎腰駝背的老婆婆，每個人都感謝著女孩帶來的恩惠。由此可見最近的歉收持續了多久。

這幾年寒冷化的現象很嚴重，冬天沒有儲糧的農奴們接二連三罹患流行病而失去性命。應

該是因為嚴酷的勞動加上作為糧食的作物持續歉收，導致免疫力也降低了吧。

然而今年不需要擔心這種事。

女孩以自豪的心情望著充滿笑容的眾人。

——咳，這時她卻突然輕咳了一聲。

「…………？」

女孩伸手摸了摸額頭。雖然有可能是自己多心，不過或許有點發燒。

是因為新的農作方法推行順利，讓累積的精神疲勞一口氣湧上嗎？

說起來這陣子自己似乎都沒有好好休息。最近這一年以來女孩一直在學習農業知識，甚至還和農奴們一起拿起鋤頭幫忙改良土地。

暫時先好好休養，調理好身體吧。

等恢復健康以後，再和他們一起讓這片土地變得更加肥沃。

無論是一年後、五年後，還是十年後……女孩在心中發誓，自己要一直在這片土地上生活下去。

——然而，這時的女孩仍不知道。

只不過短短幾天，這個誓言就會化為詛咒。

她將會在這片曾比任何人都深愛的土地烙下詛咒，比任何人都深切痛恨。

——願我的一族受到詛咒。
——願我的領地遭逢災禍。
去死、去死……所有人都去死吧！

被囚禁在比誰都深刻的悲哀中。
沉沒於深不見底的孤獨黑暗裡。
發出無盡怨懟和死前悲鳴的女孩被心愛的人們殺害，拉下了人生的終幕。
這就是後來的魔王——統領八〇〇〇萬惡靈的少女。
也就是被稱為「黑死斑神子」的女孩的一生。

＊

——「No Name」水樹的蓄水池。
反射著光芒的水珠從雜木林的新葉上滴落。
大概是因為定期降雨持續了整整五天吧？街坊中開始傳言，或許是因為東區的支配者進行了交接，才會比以前更頻繁地實施定期降雨。

不過，畢竟支配者從太陽神換成了歷經千山千海修行的仙龍，因此東區的居民們也已經接受，認為這種程度的變化傾向也是理所當然吧。最近這陣子連「No Name」的成員們也不可避免地總是窩在根據地裡，讓留守組不太有機會活動筋骨。

由於今天盼到了個萬里無雲的大晴天，於是年長組和女僕組，還有身為共同體領導人的仁‧拉塞爾一起進行了把買來的翠綠秧苗移植進新開拓田園裡的作業。

換下平常的女僕服，穿上插秧用服裝的珮絲特做完了自己該負責的份量，同時重重地嘆了口氣。

「……有夠麻煩，居然必須特地移植已經發芽的秧苗。我認為種植麥類絕對比較好。」

「我……我不那麼覺得耶……珮絲特。」

已經完成負責份量的莉莉唰唰甩著兩根尾巴表示否定。

由於兩人各屬於西式餐點派和日式餐點派，即使只是田園相關方針這樣一件事，情況也很複雜。

當珮絲特負責共同體伙食時幾乎可以說是百分之一百會推出麵包；相對之下莉莉則必定會準備使用米飯的日式料理。

然而一旦水田完成，這個力量均衡就會崩壞吧。

或許也是因為這個緣故，插秧過程中的珮絲特一直很不高興。

「算了，無所謂啦。不過開拓新田地時，我絕對要以麥類為中心。」

「可……可是……我們的共同體代代都是種水田……」

「沒有什麼可是不可是。我已經調查過了，日式餐點派和西式餐點派的人各占五成。如果妳堅持不願意，那麼我就要帶著一半年長組罷工。」

「啊嗚～」莉莉垂下頭上狐耳。

和以家事、農業相關所有事務為主要工作的年長組相比，輔助主力成員才是女僕組原本的工作。所以如果講得露骨一點，在組織上女僕組擁有較高的權力。

雖然莉莉因為身為年長組首席可以對等交談，然而其他的孩子恐怕會因為珮絲特的態度而退縮吧。

負責監督的仁這時嘆著氣介入兩人之間。

「珮絲特、莉莉，負責共同體伙食的妳們要是彼此不和會造成困擾，這裡應該要和睦地對彼此意見……」

「哎呀是這樣嗎？那麼仁你屬於那一派？」

「…………咦？」這瞬間仁立刻開始吞吞吐吐。

珮絲特趁這個破綻繞到仁的背後，用力抓住他的肩膀。

「莉莉，這裡就公平地讓身為領導人的仁來決定吧。畢竟共同體的土地有限，如果能按照他的指示來決定今後的方針，想必以後推廣起來彼此也不會留下芥蒂吧？」

「等……等一下，珮絲特……！」

「這件事先等一下！」

下一個介入的人是「No Name」女僕隊的第三號成員。

身為蛇神的白雪姬施展出連水田泥巴都被一併帶起的大跳躍後著地，晃著那豐滿的胸部提出異議。

「事情我已經聽說了，莉莉！根本沒必要用妳的狐耳去聽那傢伙說的話！在我等日式餐點派的同盟面前，西式餐點派的雜兵如同垃圾！妳大可以抬頭挺胸地反駁她！」

唰！白雪姬對珮絲特用力一指。

珮絲特則是浮出青筋咂舌回瞪。

莉莉因為第一次聽到「日式餐點同盟」這講法而驚慌不知所措。

仁被夾在關係白熱化的雙方之間，心中湧上不妙的預感。

「等……等一下，妳們真的該先冷靜下來……」

「沒錯，那邊的乳蛇妳也稍微冷靜一點。我們的領導人想要的是西餐，如果妳無論如何都堅持提出異議……好吧，首先要等妳能把高麗菜順利切成細絲之後再說吧。」

「囉唆！切高麗菜這種小事只要兩小時就能辦到！而且妳這混帳說誰是乳蛇！」

「白……白雪大人請冷靜一點！您昨天花了五小時也沒成功不是嗎？」

莉莉從後方阻止激動的白雪姬。

——順便提一件只能在這邊說起的事情，由於笨拙的白雪姬製造出了二十四個高麗菜的殘骸，因此昨天的主菜只有堆積如山的大量高麗菜。

珮絲特無視她們兩人，捏緊仁的雙肩露出微笑。

「那麼，我們的領導人有何意見？是西式餐點派呢？還是日式餐點派？」

「咦……正常來說不會在這種情況下提這種問題吧！」

「小子你不需要介意！你可以明確告訴那邊的洗衣板小丫頭，日式餐點才正是共同體的基本方針！」

白雪姬才剛吼完，珮絲特就加重了捏著仁肩膀的手指力道，甚至壓迫到骨頭。

「…………妳很吵耶，乳蛇。更何況原本我的肉體基礎是十二歲，有胸部才恐怖吧？」

「哼！我還以為妳要說什麼！只要每天吃莉莉準備的美食，發育自然而然也會變好！結果妳卻一直還是洗衣板，顯然應該要吃更多的米飯和豆類！」

「嗚……不要說這種蠢話，每次莉莉做的餐點，我都有再來一碗……！」

咯吱咯吱咯吱！仁的肩膀發出被用力擠壓的聲響。

被劇烈疼痛侵襲到講不出話來的仁好幾次用手拍出聲音示意投降，然而珮絲特的眼中已經沒有他的存在。

顯露出明確敵意的珮絲特嘴角抽動露出微笑。

「好吧。既然妳無論如何都不肯退讓……那就按照箱庭的風格來解決吧。」

「……哦？原來如此，這倒是個好提案。反正我也總是認為，必須好好教導妳該用什麼態

度對長輩說話。」

兩人惡狠狠地瞪著對方，雙雙提昇戰意。事態演變至此，仁也開始確實地感到焦躁。

珮絲特的周圍有黑風形成漩渦並噴出氣流。

白雪姬的周圍開始出現洶湧水柱翻滾流動。

要是兩人認真動手，周圍的被害也不可小覷。不只是新設的水田，連默默努力工作的年長組孩子們也會被牽連。

兩人互相瞪視，醞釀出一觸即發的空氣。當仁總算下定決心，認定事到如今恐怕只能動用身為主人的強制權利的那瞬間，兩人——

「——妳們兩個，到底在做什麼？」

同時一驚，停下了腳步。不過這也是理所當然的反應。

因為有一道連鋼鐵都能斬斷的影之利刃，以超音速穿過了正打算衝突的兩人間的隙縫。

她們很尷尬地轉頭望向黑影前來的方向。

從雜木林延伸至此的通路另一端——可以看到女僕組的首席，身為侍女長的蕾蒂西亞正以鮮紅的雙眼凝視著她們。

「哎呀，因為覺得很吵所以過來看看……沒想到形成了如此有趣的情況。我都不知道妳們

兩個的感情居然要好到可以偷懶丟下工作玩起遊戲。」

「工作我已經確實……」

「閉嘴。」

蕾蒂西亞瞬間收起嘴角浮現的笑容，銳利的眼神直射向珮絲特。

這不允許反抗的命令讓珮絲特不由自主地閉上了嘴。

鮮紅的雙眼中透露出危險的光芒，很明顯她在生氣。很少看到蕾蒂西亞表現出明確至此的怒氣，然而也難怪她會這樣。畢竟她一星期前才剛被任命為女僕組的侍女長，結果手下卻立刻做出讓她丟臉的行徑，也難怪素來溫厚的蕾蒂西亞會發怒。即使有可能見血，現在的她或許也不會心生猶豫。

以前的珮絲特還另當別論，現在的珮絲特面對蕾蒂西亞時處於下風，更不用說蕾蒂西亞現在還擁有已經修繕好的龍之遺影。若是要從正面對戰，情勢相當嚴苛。

珮絲特先乾脆地收手之後，白雪姬也慌慌張張地跟著停下。

「不……不是……妳誤會了蕾蒂西亞！我等並不是在競爭武力之高下！只是想以和平且符合女僕身分的遊戲來一決雌雄……」

「喔？居然說是要舉辦符合女僕身分的遊戲……原來如此，這點子不錯。說不定可以作為我目前制定中的女僕組必守八法的參考。」

一頭黃金色長髮隨風飄揚的蕾蒂西亞嫣然一笑。

「那麼，回到本館以後就開始遊戲吧。舉止行為最有女僕風範者將成為勝利者，至於敗北者，一個月間的一般業務將加倍。」

「「咦！」」

「首先……對了，就從泡紅茶的技術開始比賽吧。我會進行嚴格的審查，妳們要先做好心理準備。」

蕾蒂西亞一把抓住了立刻試圖逃走的兩人。

接著她瀟灑地拽著兩人的衣領，往本館飛去。

被留下來的仁和莉莉目瞪口呆地目送著女僕組遠離。

兩人暫時就這樣發愣了好一陣子，莉莉才突然豎起狐耳提議：

「…………呃，仁。我有件事想拜託你，可以嗎？」

「嗯，如果是要我支持某個派閥以外的事情就可以。」

仁以受夠了的表情點頭。

莉莉「唰！」地豎起狐耳，露出了似乎想到什麼好主意的笑容。

「我想接下來暫時……伙食就限定為中式餐點吧。」

「……嗯，或許那是不錯的作法。」

仁無力地笑了笑，採用了莉莉的提案。

確認剩下的年長組們結束插秧工作後，兩人以彷彿什麼都未曾發生的態度和眾人會合。

——頭上是萬里無雲的晴空。在雨後的清新空氣中完成插秧的一行人開始和樂融融地吃起午餐。

今天的「No Name」也一如往常，呈現出和平的景象。

——「No Name」本館，正面入口大廳。

之後，吃完午餐的年長組和女僕組都前往位於本館正面入口的大廳集合。經歷過和蕾蒂西亞的女僕遊戲後被奪走氣力的兩人現在也老實地整列。

確認所有人都到齊之後，仁往前一步來到眾人面前，宣布接下來的預定。

「我想大家都已經聽說了……接下來我和珮絲特要前往由『Salamandra』治理的五四五四五外門。」

「招待內容是『希望我們也列席「階層支配者」的召集會』。對一個『無名』共同體來說，這是超乎常規的提拔。」

聽到蕾蒂西亞的補充，年長組們也振作起精神。

召集會將在遙遠的北方大地舉行，然而參與成員卻和至今為止都不同。

身為最強支配者的白夜叉退位後已經過了兩個月。

被稱作「魔王聯盟」的神祕敵人之動向至今依舊尚未明朗，只有相關的傳言和陰影忽隱忽

現。因此各地域的支配者們為了商討今後的方針，決定舉辦這場召集會。至於擁有和魔王聯盟交戰的經驗，而且還擊敗過兩名魔王的「No Name」一行人，也為了參與討論而受到了召集。

「十六夜先生他們已經在三天前就前往五四五四五外門加入事前協商，我們也預定要在今天內和他們會合。這次的遠征或許會比過去任何一次都長，希望大家也能以這種心理準備來保護共同體。」

「「「「了解！」」」」

年長組以幾乎會讓人耳鳴的大音量回應，接著吵吵鬧鬧地開始著手今天的工作。既然大家活力如此充沛，那麼主力外出的期間應該也沒問題吧。仁和珮絲特觀察完這副情景之後，才轉身面對屬於留守組的蕾蒂西亞和白雪姬。

「蕾蒂西亞小姐，白雪大人，就麻煩妳們留守了。」

「知道了……話雖如此，既然白雪也一起留下，那麼就算有若干賊人來襲也應該不會有問題吧。」

「這個嘛，實際上會如何呢？既然要參加這場召集會，那麼我等『No Name』也有可能會成為魔王的目標。至少在外出賺錢的格利兄回來之前萬萬不可掉以輕心。」

女僕組的兩人對著彼此重重點頭。

感覺兩人實在可靠的仁轉身面對珮絲特。

「那麼我們也出發吧。」

「……儘快過去吧，差不多快到境界門人變多的時間帶了。」

討厭人擠人的珮絲特催促仁快點動身。

仁露出苦笑，和珮絲特一起離開了根據地。

＊

——箱庭五四五四五外門「煌焰之都」。

通過東區的境界門後，帶著熱氣的風撫過兩人的臉頰。

懸掛在都市中心的巨大吊燈受到地面往上吹的精煉廠熱風吹襲而劇烈搖晃。

這個直徑長達五十公尺的暖色巨大吊燈為酷寒的北區帶來溫暖的氣候，在它的照耀之下都市全域都被染上了黃昏色。

「無論看幾次都覺得很驚人呢，居然只靠那盞吊燈就能保護整個都市不受寒冷侵害。」

「……是呀，這當中不知道究竟有何機關。」

仁背後傳來回應的聲音。

過去也曾和「Salamandra」交戰過的珮絲特能像這樣踏上對方的根據地，全都是靠「No

Name」至今培育出的功績。

她稍微打了個呵欠，接著向主人確認今後的預定。

「東區的蛟魔王似乎明天才會到達，我們在等待期間要做什麼？」

「目前還沒有任何事情。今天還只是準備期間，而且還要再一個星期其他地域的支配者才會全部到齊，所以暫時悠哉過日也沒有問題。」

第一次聽到這些情報的珮絲特歪著頭「唔」了一聲。

接著以有點憂鬱的態度凝視著黃昏時的天空嘆了口氣。

「……我也會被盤問一大堆追根究柢的問題吧，真是麻煩。」

「那也沒有辦法。畢竟妳是唯一知道敵方情報的人物，所以必須成為貴重的情報來源並提供協助。」

「…………」

珮絲特哼了一聲把頭轉開。雖然事到如今就算要出賣舊巢也沒什麼好猶豫……但她心中卻因為別的理由而不想說。

（鈴和奧拉也就算了……但殿下的事情我想繼續保密。）

珮絲特無精打采地嘆了口氣。

被魔王聯盟的同志暱稱為「殿下」的白髮金眼少年，是鈴和奧拉的司令塔。珮絲特為了自身的野心，很想隱瞞他的來歷。

話雖如此，要是被命令也只能老實招出。所謂隸屬真是個讓人不愉快的詛咒。

身為她主人的仁露出似乎很困擾的苦笑，再度抬頭望向吊燈。

對於擁有貧瘠土地和酷寒地域傾向的北區來說，那個燈火是等同於太陽的恩惠。

即使說是代表北區支配者「Salamandra」的恩惠也不為過。有能力橫跨廣範圍建造出如此巨大紀念物的共同體恐怕為數不多吧？

「不愧是原本在四位數的共同體。像那樣的紀念建造物，即使是傑克他們應該也做不出來吧？」

「呀呵呵？這倒是難說喔？」

這時從懸掛於外門前迴廊的火焰中出現了巨大的火球。以開朗聲調回應的南瓜頭惡魔——傑克南瓜燈在仁面前現身。

他頭上坐著「Salamandra」的首領，珊朵拉·特爾多雷克。晃著那頭美麗紅髮的珊朵拉一看到仁，表情就立刻亮了起來。

「仁，好久不見！我就在想你差不多該到了！」

「嗯，好久不見了，珊朵拉還有傑克。你們兩位一起是怎麼了呢？」

「我們是為了開發新恩惠的事情去工房街聽取意見。」

「呀呵呵！因為先前討論完畢正在回程的路上看到了仁先生，所以我這顆南瓜認為一定要來打個招呼！」

「呀呵呵！」傑克發出開朗笑聲。

然而接下來他立刻神色一變，讓南瓜頭的空洞雙眼露出銳利眼神。

「不過還有件更重要的事情，仁．拉塞爾先生。要是瞧不起蒼炎旗幟那可不行！如果光論技術面，我等也可以製作出能和這吊燈相媲美的恩賜！」

「真……真的嗎？」

「呀呵呵！當然是真的！……不過呢，會因為成本問題無法實際做出啦。」

傑克迅速把南瓜頭轉開。雖然不知道這是不甘心還是因為不好意思，不過依然可以感受到他在創作上擁有高度的自尊心。

旁邊的珊朵拉原本笑得很開心，卻突然收起笑容。

她的視線前方可以看到過去的仇敵——珮絲特正悠然佇立著。

「……是嗎？妳也來了啊，『黑死斑魔王』。」

「啊……嗯，這兩個月內，因為珮絲特也兼任護衛，所以隨時和我形影不離……」

「好久不見了珊朵拉。一陣子沒見面，看來妳的靈格似乎增長了不少？」

珮絲特悠然微笑，珊朵拉則怒目而視。

先前的稚氣氛圍已經消失，顯現出她身為共同體領導人的一面。

「倒是妳的靈格縮小了不少，甚至脆弱到幾乎無法和以神靈之姿出現的時期相比——如果是現在的妳，我只要吹一口氣就能夠讓妳輕易消滅。」

「……是嗎，實際上會如何呢？妳的發言聽起來似乎有點過度自信。」

珮絲特從容又巧妙地應付這充滿魄力的發言。然而實際上，她所處的立場並不允許她如此逞口舌之快。

先前那番話並非社交辭令——珊朵拉的靈格確實比和珮絲特對峙時增大了數倍。

（哼，擊退兩次魔王後，再怎麼說實力也會隨之增進嗎？）

幾個月前，東南北區同時出現了魔王。

「Salamandra」也身處這場混亂漩渦之中。換句話說，「Salamandra」單獨打倒了魔王。

甚至可說是和珊朵拉骨架格格不入的星海龍王之龍角昂然聳立著，散發出紅色的光芒。擁有最強種靈格的龍角現在已經成為她的一部分。雖然不知道珊朵拉跨越了什麼樣的生死難關，不過這等級提昇的程度讓人很難立刻接受。

兩人散發出一觸即發的氣氛。

仁驚慌失措地介入她們之間。

「等……等一下！要是在這種地方引起問題……」

「「仁你閉嘴。」」

這合唱精準得分毫不差，仁只能選擇沉默不敢再吭聲。

然而這個偶然似乎帶來了好結果，珊朵拉收起敵意，看了仁和珮絲特一眼。

「……我想你們兩個應該很清楚。魔王能再度被召喚並成為隸屬，是為了濯除被烙印的罪孽。在贖罪行動結束之前，我都不會承認妳。否則——被妳殺害的五名同志將白白犧牲。」

「……是嗎？我會銘記於心。」

珊朵拉臉上閃過一陣陰霾，接著轉身背對眾人。這就是她敵視珮絲特的理由吧？一行人看著珊朵拉隻身離去的背影，卻遲遲無法講出下一句話。

像是要打破這瀰漫於現場的沉重空氣，傑克以明朗的聲調開口：

「呀呵呵！沒錯，情況正如她所說。其實不肖在下生前也曾經犯下許多罪行。」

「咦……傑克你也是嗎？」

「嗯。為了洗清這份罪行，『Will o' wisp』才會收留年幼時就死亡的靈群。」

「…………」

珮絲特轉開視線，這番話對她來說應該相當刺耳吧。

即使如此，傑克依然晃著南瓜頭，以似乎是要故意說給她聽的態度笑著說道：

「即使是被稱為魔王者也會走上同一條道路。連那位白夜王大人還有蛟魔王兄也是……甚至帝釋天也相同。既然妳擁有此等靈格，光是歸屬於某個宗派應該就能覺醒成為神靈。如果妳有意願反省過去，我可以介紹認識的聖人……」

「不需要，我有我自己的一套想法——而且，傑克。我們才不屑那種連個飢荒都無法拯救，只存在於聖經裡的神明大人。這是群體的一致意志，要是你敢再提起類似建議，可不會只有警告就了事。」

瞬間，珮絲特以燃燒烈火般的眼神望向傑克。然而這態度真的只維持了短短一瞬，她立刻像是鬧彆扭般地把頭轉開。看來傑克似乎踩到了不該碰的地雷。

仁雖然面露苦笑，但也很快換上了認真的表情。

「傑克，珮絲特和珊朵拉這邊會由我再找機會跟她們談談。現在比較重要的是……要和我們同盟的共同體有來參加這次的召集會嗎？」

「關於這點請不必擔心！我已經事先請蛟劉兄送出邀請函，另外維拉也預定會晚點到達。如此一來，無論她是否願意都會在『No Name』面前現身吧。」

傑克無奈地搖著南瓜頭。

——據說維拉．札．伊格尼法特斯是北區最強的有名惡魔，然而她的實際情況卻不太為人所知。相關傳言頂多只有「她偶爾會在『煌焰之都』現身並參加恩賜遊戲」這種程度。仁對維拉的認識也只有知道她是操縱生死境界的惡魔……然而根據傑克的反應，「Will o' wisp」的領導人似乎也是個讓人相當頭痛的問題兒童。

「是嗎……不過既然維拉小姐也要來，就請她在之後介紹時和大家見面吧。如果可以的話，我也想趁那時先針對最後的同盟共同體做個說明。」

「呼……」仁似乎很憂鬱地吐了口氣。

自己這邊也有三名問題兒童，讓事態更加嚴重。

「難道仁先生還沒有向『No Name』的各位說明同盟對象嗎？」

「不，由於情況特殊，所以只有對十六夜先生和蕾蒂西亞提過。畢竟對方是曾和『No Name』有過節的共同體……若是弄錯開口的時機，大家一定會反對。」

「……那麼，仁先生你自己對同盟有什麼看法？」

「我認為不錯。雖然已經逃亡至下層，然而該共同體擁有最強等級的恩賜。只要能順利交流，我想彼此都能獲得利益。」

傑克搖晃著南瓜頭微微沉吟。

「……呀呵呵，彼此都會獲得利益嗎……意思是會徹底以對等態度往來？」

「嗯，在對方沒有做出失禮行徑的期間，我方也不會做出欠缺禮儀的對應。」

仁明確地告知方針之後，傑克似乎很滿意地點點頭回應。

在兩人背後靜靜旁聽的珮絲特這時歪著腦袋不解地發問：

「那個，仁。最後的同盟對象是誰？是怪胎男和飛鳥認識的共同體？」

「呃，應該也不能算是認識吧？總之是以前和『No Name』有過衝突的共同體——」

——這時仁突然停口，表情也整個僵住。

不知道發生什麼事的珮絲特追著他的視線回頭。

仁的視線朝向了遙遠的上空。

在作為「煌焰之都」的發展象徵而廣為人知的巨大吊燈上方——可以看到逆迴十六夜、久遠飛鳥，以及春日部耀的身影。

「哦哦！這是超乎想像的絕景！」

「是呀，不愧是火焰和玻璃的城鎮，彷彿是地上的寶石箱呢。」

「嗯，有著和『Underwood』呈對照的景觀。」

在沒有獲得許可的情況下，三名問題兒童和樂融融地爬上吊燈。而且仔細觀察之後，才發現他們甚至已經打開便當，形成了打算久留的狀態。

無論從哪個角度或是基於多麼寬容的眼光，這都是違法占領的行為。

「為……為什麼十六夜先生他們在吊燈上？」

仁驚慌失措地大叫著。不過也難怪他會這麼激動，畢竟已經不必多說明大家也知道，那盞吊燈是「Salamandra」的秩序和權力的象徵。

不但擅自闖入甚至還在上面吃東西，即使被趕出召集會也沒有資格抱怨。說不定還會發展成「No Name」的信用問題。

「總……總之珮絲特！趁著還沒被發現，即使來硬的也要讓他們下來——」

「你們幾個混帳～～～～～～～！誰允許你們上去那裡！」

但是為時已晚。

下方已經有「Salamandra」的憲兵聚集。

仁抱住痛到絕望的腦袋。

「……我說，珮絲特。」

「什麼事？」

「能用妳的力量讓大家暫時安分一點嗎？」

他以冷靜的語氣講出了極度危險的發言。

仁的個性也以不錯的步調往越來越凶暴的方向發展了呢～珮絲特內心暗暗感嘆。

「我想應該是可以辦到，不過等症狀恢復之後，你的生命不會有危險嗎？」

珮絲特掩嘴一笑。

再怎麼說仁也覺得那樣恕他難以接受。只見年幼領導人輕輕嘆了口氣，拿出信函和筆簽上名字。

「沒辦法，這裡就交給專家處理吧。」

「這應該是最安全的辦法。」

「如果你們是在說那個人，她應該在穿過迴廊後可以到達的宿舍裡。」

「謝謝，珮絲特妳立刻去叫她來吧。」

「是是～」珮絲特甩著女僕服，和黑風一起離開了現場。

＊

——另一方面，問題兒童組。

春日部耀刮起一陣旋風，乘著精煉廠的熱氣流前往懸掛於半空中的吊燈上並著地。因為用力過度似乎導致吊燈產生裂痕，但她故意當作不知道。

被她捲起的旋風送上來的十六夜和久遠飛鳥踩著吊燈俯瞰下方的「煌焰之都」，感嘆地呼了口氣。

「哦哦！這是超乎想像的絕景！」

「是呀，不愧是火焰和玻璃的城鎮，彷彿是地上的寶石箱呢。」

「嗯，有著和『Underwood』呈對照的景觀。」

三人坐在巨大吊燈的邊緣眺望著下方景色。

雖然遙遠下方可以看到「Salamandra」參謀曼德拉和憲兵隊火冒三丈地怒吼著。

「你們開什麼玩笑！把那盞吊燈當成什麼了！快點給我下來！這些大蠢蛋！」

不過三人還是當作沒看到。而且他們絕對不是在開玩笑……

只是極為認真地在徹底進行惡作劇。

「那麼，差不多該來享用已經算晚的午餐了吧？」

十六夜等人打開從城鎮中買來的便當，開始暢談。

把梅子鰹魚口味飯糰放進嘴裡後，十六夜才以突然想到的態度發問：

「對了春日部，已經登錄的恩賜遊戲似乎還剩下一個位置，妳打算參加什麼遊戲？」

「是『火龍誕生祭』也有舉辦過的『造物主們的決鬥』，我這次要雪恥。」

「嘻嘻，希望春日部同學這次能贏喔。」

耀用力點了點頭，咬下海苔飯糰和鮭魚飯糰還有昆布飯糰。

她的幹勁和嘴巴都呈現爆滿狀態。這段期間內曼德拉依然火冒三丈地拚命大吼，但他們果然還是當成耳邊風。

「十六夜同學有什麼預定？」

「我？我沒什麼特別的預定。今天是有在考慮要不要去逛逛啦，不過因為我打算跟著大小姐妳行動，所以沒有計畫。」

「是嗎？不過真讓人意外，明明你平常都會籌謀一些甚至算是想太多的計畫。」

「我有嗎？」

「嗯，不過偶爾這樣似乎也不錯喔。我認為十六夜你從平常就想太多了，希望你可以再多配合一下周遭的速度。」

「那真是難以達成的要求。以我來說，我自認現在已經非常配合周遭步調生活了。」

十六夜帶著苦笑回答。

吃完午餐的三人看著彼此的臉互相確認本日的預定。

「那麼，我跟大小姐去和傑克他們會合；小不點少爺去召集會的會場打招呼；春日部則是要去參加遊戲。」

「哎呀，傑克也有來嗎？」

「嗯。他要介紹最後的同盟對象……還準備了送給大小姐妳的禮物。」

十六夜咧嘴露出別有含意的笑容。

飛鳥因為初次聽到這消息而愣住。

黑兔在三人後方直挺挺地站著，還噴出了憤怒的鬥氣。

然而他們果然還是繼續當作沒看到。

十六夜把飯糰配菜的炸黃金薯丟進嘴裡，接著充滿幹勁地起身。

「那麼，這邊就暫時解散吧。」

「……嗯，飛鳥要怎麼辦？」

「也不能怎麼辦。我自己沒辦法下去，必須麻煩你們兩位其中哪個人讓我下去……」

「既然如此就由人家把各位打下去吧！你們這些問題兒童們～～～～！」

啪啪啪！紙扇氣勢驚人地橫掃而過。

三人就這樣被黑兔從吊燈上打了下去。

從下方旁觀這段發展的仁和傑克雖然滿臉蒼白，但也只能抱著腦袋低下頭。

＊

之後，十六夜等三人就被迫和怒火中燒的曼德拉以及「Salamandra」憲兵隊玩起了激烈的抓鬼遊戲。

——「煌焰之都」煉製工房街。

……被亞龍追殺的抓鬼遊戲到底是怎麼一回事呢？

說著說著就順利脫身的十六夜和飛鳥一邊聽著和他們一起逃跑的黑兔說教，並前往傑克等人所在的煉製工房街。

他們和耀在途中分開，現在是三人行動。

在璀璨走廊上往前進的黑兔鼓起雙頰繼續嘮嘮叨叨。

「真是的！為什麼各位老是那樣惡作劇……人家難得可以放假，但各位引起問題之後，會挨罵的人是仁少爺和身為參謀的人家呀！」

「「那就好。」」

「是呀……不對根本一點都不好！」

黑兔倒豎著兔耳大發雷霆。

這場支配者齊聚一堂的召集會是掌握箱庭都市今後命運的重要會議，黑兔還以為十六夜他們至少在這種時期應該會安分一點。

然而這個推測太天真了，實在太天真了。

來到召集會舉行地點後的三天內，把擔任監護人的黑兔耍得團團轉的問題兒童們不但肆無忌憚地胡鬧，還在低階的遊戲裡連戰連勝，甚至造成一部分主辦單位宣布禁止他們出入。對於他們幾個來說，只是來到第一次造訪的地區後參加了幾個似乎很有趣的遊戲，然而畢竟實力差距太大，才會一不小心就贏太多了。

於是，在參加恩賜遊戲方面主動有所節制的三人自由自在地到處參觀有趣的建築物，最後決定爬上都市最大的紀念物。

「我有個更重要的問題。黑兔，這條走廊前方真的是鍊金術的工房街嗎？」

呀哈哈笑著的十六夜以充滿好奇心的表情回問。

看到這張意料之外的笑臉而一時愣住的黑兔最後垂下肩膀點了點頭，並以還在鬧彆扭的態度說道：

「ＹＥＳ，詳情只要繼續往前走就會明白。」

這時，轉角另一端的工房街角落突然冒出足以震撼大氣的強烈光線和熱氣。十六夜和飛鳥對望一眼，就睜著發亮的雙眼往前衝。

「哇……！」

下一瞬間，猛然升起的火柱讓飛鳥驚叫出聲，而且那還不是普通的火焰。

彎過一個轉角，眼前就出現一片有蒼炎或翠炎等色彩鮮艷火焰四處林立的燭光花園。

「哦……！我還以為這裡是只有黃昏色的城鎮，但看來這條路不一樣。」

「嗯，華麗得簡直不像是進行精煉的工房……！」

兩人滿懷感慨地望著火焰搖曳的庭院。

路樹上掛著冒出七彩火光的蠟燭式提燈，周圍則有火之微精靈們聚集。只要看到這幅景觀，絕不會有任何人認為此處是酷寒的土地。

由於目前太陽尚未完全西沉，因此黃昏色顯得很強勢。然而一旦夜晚降臨，裝飾在庭院中的七彩蠟燭式提燈就會讓走廊染上美麗的光芒吧。

站在十六夜旁邊的飛鳥眼中散發出更興奮的光芒，小跑步著觀察四周並喃喃說道：

「火焰、玻璃……還有石造建築。真的是和『Underwood』完全相反的景觀呢……！連在此棲身的精靈種類也完全相反。」

「ＹＥＳ！因為這裡的工房街除了能夠精煉特殊的金屬以外，也能精製作為降靈術媒介的玻璃喔。」

「咦？」飛鳥側著腦袋發問：

「……媒介？降靈術？」

「ＹＥＳ！如果要簡單說明，其實走路燭台的製造法也屬於其中之一。就是要給予低靈格的火精靈或土精靈雛型，讓精靈寄宿於玻璃上。而且萬一媒介損壞精靈本身也不會受傷害，因此對於想要提昇靈格的精靈來說，這是個值得高興的契約。」

「……呃？也就是說……寄宿在玻璃上後會讓靈格提高嗎？」

飛鳥左右搖晃著腦袋思考。

十六夜以有點瞧不起人的態度回答了這個疑問。

「喂喂，大小姐，單純思考一下就會懂吧？質量和熱量可以直接換成靈格，那麼如果是湖的精靈和海的精靈相比，會覺得是海的精靈比較強吧？」

啪！飛鳥像是想通般地拍了拍手。的確正如十六夜所說。

石頭可以堆積成山，山脈相接後拓展為大陸。

蓄水可以匯聚成湖，湖泊串連後薈萃為大海。

而兩者大量聚集，自然就會形成星球。

這就是星靈能夠化為足以被稱作「最強種」的靈格而現身的理由之一。

「確……確實是如此，不過沒想到居然是這麼單純的邏輯……」

「呃……其實呢，也未必一定會符合那種情況。畢竟靈格存在密度的細節必須計算時間密度之後才能得出。」

「……什麼？……」十六夜和飛鳥一起反問。然而黑兔似乎沒有聽到，她走到兩人面前

第一章

「唰！」地豎直兔耳開始帶路。

「好啦，走吧。聽說今天『Will o' wisp』的領導人和最後的同盟共同體都會來，要是讓對方久候會給人壞印象喔。」

「嗯……的確是那樣沒錯啦。」

兩人確認時間，距離太陽西下大約還有三十分鐘左右。無論最後的同盟對象是誰，一開始就落下讓人批評的話柄確實不妥。

他們一邊眺望由磚塊建造的城鎮，同時穿過人群朝著集合地點前進。這時……

「——是『神隱』！『神隱』又發生了！」（註：原文「神隠し」，是一種人突然失蹤的現象，古時候認為失蹤者是被神怪帶走或藏起。）

「立……立刻聯絡內外的憲兵隊！要儘快！」

「封鎖外牆和二宮的城牆！這次絕對不能再讓犯人逃走！」

十六夜停下腳步，黑兔和飛鳥慢了一拍也停了下來。

「……『神隱』？」

「YES，似乎是呢。雖然在居住著惡鬼羅剎的北區並不是很稀奇的現象……不過那麼慌亂的反應倒是有點罕見。」

「怎麼說？」

「因為北區設立了專門對應『神隱』的機構，那是一個從惡靈附身或風系神格者的惡作劇，到鬼怪誘拐以及人口販賣等事務都能廣泛對應的專家集團。只要由他們來處理，大部分的『神隱』現象都能在兩三天內就掌握到消息……」

黑兔講到這邊，支支吾吾地停口。

——即使用「神隱」這名詞來概括表現，然而在諸神的箱庭都市中，相關現象的種類可說豐富又多彩。其中當然包含了綁架和個人的失蹤；就連以集團來蓄意隱蔽個人存在，意圖使對方無法在社會上立足的社會性抹殺也囊括在內。在鄉下的農村共同體中，即使以「神隱」來形容這種情況也充分能夠通用。因此在這個箱庭都市中，「某人突然銷聲匿跡」的現象全部都會被改稱為「神隱」。

仔細思索黑兔發言的十六夜賊賊一笑。

「換句話說這場騷動——是連專家也無法對付的『神隱』事件嗎？」

十六夜以非常有興趣又很愉快的態度喃喃說道，他的眼神就像是剛發現新玩具的頑皮小孩。預測到接下來發展的黑兔嘆了口氣。

「算了，人家不會阻止您，不過傍晚時記得回來喔。」

「了解。要是我到了晚上還是沒回來——就當作我也碰上了『神隱』吧。」

十六夜哇哈哈笑了，踩著雀躍的步伐前往現場。

*

看到黑兔出現，仁放心地摸著胸口鬆了口氣。

「太好了，既然黑兔來了可抵百人力量。」

「……放心是沒關係啦，不過我看你最好該學會如何多少靠自己的力量應付吧？」

跑腿回來的珮絲特語帶諷刺地說道。

仁一瞬間露出膽怯的反應，不過下一秒立刻重新鼓起幹勁。

「的確，妳說得對。不能總是依賴黑兔，我必須更加振作。」

「……是呀，大概一百年後就可以回敬一擊然後去死吧？」

聽到這毫不留情的意見，仁垂下肩膀無力地笑了笑。

「好了，那麼我們也走吧。」

「去哪裡？」

「去四處致意。來參加召集會的共同體不是只有支配者們，還有很多是想知道支配者今後動向的共同體，得趁這個機會多少推銷出一點名號。」

「噢噢，原來如此。」了解狀況之後，珮絲特也和仁一起前往「Salamandra」根據地的大宮殿。

——箱庭五四五四五外門，「煌焰之都」被三層城牆環繞，而且每個地帶各自被劃分為不同的居住區域。

外牆駐屯著以亞龍為中心的精銳部隊。

第二層是一般居住區、舞台區域以及工房街。

第三層是招待貴賓的宿舍和宅邸。

至於內牆則建造了作為根據地的宮殿，都市的背後聳立著綿延到遠處的巨大山峰。

「Salamandra」中擁有突出才能的成員雖然不多，不過卻是靠著廣泛維持亞龍血緣並以此提昇組織力至今的一族。

能支配制空權的主力「翼龍型亞龍」全部約有四千隻。

火蜥蜴和人型的火龍數量則遠超過十倍。和同樣身為「階層支配者」的「龍角鷲獅子」聯盟相比，雙方的規模和人才幹練度都無法相提並論。

平時為了對應魔王會將人才分派到各地，如今是因為要舉辦「階層支配者」的召集會，所以內外相加起來共有二千四百隻的翼龍列席。

和大型幻獸相比也毫不遜色，紅色鱗片宛如鋼鐵般頑強的巨大身軀排成了隊列。

這份組織力和以少數精銳為賣點的「No Name」可說是完全相反。

仁一邊以眼角餘光確認這些情況，同時投以險惡的視線。

（明明擁有如此龐大的戰力，火龍誕生祭卻只帶了極少數前往。雖然也有可能是因為邀請了白夜叉大人所以心生怠慢……）

不過果然還是推論「Salamandra」和魔王聯盟有聯繫才比較合乎邏輯。

然而對仁來說，這也是難以置信的事實。

（果然必須找個時間，和珮絲特和珊朵拉一起好好談一談——）

「仁，你上面。」

咦？仁聽到珮絲特的聲音而回頭後。

咚咚咚！身穿兜帽斗篷的人影從宮殿天花板朝著仁的頭頂落下。

「哇……等一下為什麼啊——？」

還沒弄清楚狀況的仁在宮殿走廊中心慘遭壓扁。

喀！脖子連接處似乎傳出了什麼沉重又致命的聲響。珮絲特悠哉地走向仁低頭一看。

「……嘖！」

「咂舌！妳為什麼要咂舌？」

「身為女僕看到主人居然沒事心中有怨所以咂舌。」

這不是很理所當然的反應嗎？珮絲特以沉著的態度回嘴。

仁打算反駁，然而摔下來的人物卻打斷了他的行動。

「……仁？對……對不起！你沒受傷吧！」

全身套著兜帽斗篷的人物跳向仁。這動作帶來的衝擊讓他的後腦撞上了走廊角落最銳利的部分，不過現在沒空管這些。

仁壓住作痛的後腦大叫：

「珊……珊朵拉？妳……妳為什麼這副打扮？」

「我正打算為了搜查而偷溜出去，你要不要也一起來？」

珊朵拉晃著美麗的紅髮，歪著腦袋露出純潔的眼神。

仁不由得抱住腦袋。

「我……我說啊，珊朵拉。妳是北區『階層支配者』之一，不該像這樣隨便外出。更何況再過不久就要舉辦支配者的召集會了，不是嗎？」

「嗯，所以我們三人決定要在召集會開始前先解決這件事情。」

「不，我不是這個意思——」

——三人？仁歪著頭停下。

回想起來，落下的聲響的確有三人份。仁把現從珊朵拉身上移開，對著在她背後保持沉默的兩人開口：

「你們是『Salamandra』的同志嗎？」

「…………」

身穿麻布兜帽斗篷的兩人組依然默不作聲，他們的身高和仁差不多，頂多高了一點。

（和我們……差不多的小孩子……？）

仁詫異地望著兩人組。

珊朵拉慌慌張張地起身，像是想袒護他們。

「他……他們兩個不是可疑人物！是差不多一年以前認識的人……那個，我本來也想介紹給你……！」

珊朵拉揮著雙手，驚慌失措地說明。

或許是無法繼續袖手旁觀吧，身穿兜帽斗篷的其中一人嘆著氣往前一步，以風鈴般的聲音開口：

「沒關係，妳不必那麼慌張啦，珊朵拉。我們的身分會由那邊的那位女僕——珮絲特代為保證。」

這瞬間，珮絲特臉上的表情整個僵住。

罩上麻布兜帽斗篷的兩人——身高看起來像是少年少女的他們就像是事先講好那般一起露出臉孔。

「什麼……！」

看清兩人的模樣之後，珮絲特連思考也凍結住了。身穿兜帽斗篷的兩人是年幼的少年少女二人組。

女孩有著宛如花朵般惹人憐愛的笑容和長達腰際的豔麗黑髮；掛在腰間的皮帶上插著好幾支銳利的小刀，讓人聯想到柔弱花朵的尖刺；服裝則是可愛的迷你裙搭配便於行動的無袖上衣，乍看之下是個普通少女。

「我是鈴。這位是殿下，請多指教呀，仁。」

「……多指教。基於某些原因我不能報上名號，看你想怎麼叫我都行。」

面帶從容笑臉的鈴發出了如同風鈴般的聲音。

她背後的白髮金眼少年則輕輕嘆了口氣。那少年也有著相當端正的身形，刻意弄亂的禮服反而讓人感受到少年的成熟風格。

從外表推論，兩人的年齡差不多都是十二歲左右。

在兩人自我介紹時，隨侍在仁背後的珮絲特則因為竄過背脊的陣陣寒意而發抖。

（居然是鈴……和殿下！為什麼他們會在「Salamandra」的宮殿裡……！）

珮絲特拚命地克制情緒，試圖避免自己的焦躁被看穿。

雙方之間並非「彼此認識」這種淺薄的關係。這兩人是珮絲特率領「Grimm Grimoire Hameln」時曾經一起行動的人物。

也是暫稱「魔王聯盟」的那夥人的主力。

（這是最糟糕的情況……！如果是格萊亞或奧拉那還有辦法應付……為什麼偏偏是這兩人……？）

珮絲特很清楚，沒有任何人能逃離鈴擁有的恩賜。

還有站在旁邊的白髮金眼少年具備了多少實力。

雖然感覺到背後滴著冷汗，珮絲特依然藏起內心動搖向他們打招呼。鈴卻以似乎連這份焦

躁也已經看透的態度握起珮絲特的手，露出滿臉笑容。

「哎呀～我一直好想見妳呀！珮絲特！真沒想到會在這種地方見面♪」

「嗯……是呀……好久不見了，鈴，還有殿下。」

「嗯，看妳精神不錯，我放心了。」

「對呀～不過我從來沒想到會在『Salamandra』的根據地見到妳，而且還是這種時機。」

聽到這段微微帶刺的發言，珮絲特用力咬牙。

鈴的發言很隨性，然而眼裡卻不帶笑意。剛剛的視線明顯藏著殺氣，這也代表他們兩人已經進入備戰狀態。

（……真的是最糟糕的再會。）

為什麼這兩人會待在「Salamandra」的宮殿裡？

為什麼他們打算和珊朵拉一起溜出宮殿？

雖然必須思考的事情堆積如山，不過目前的首要之務是想出逃脫的方法。正當珮絲特拚命思考尋找可用的手段時，傳來宮殿內衛兵的喊聲。

「喂！不好了！到處都找不到珊朵拉大人的身影！」

「什麼！她又偷溜出去了嗎！」

「這……這下不妙！必須趁曼德拉大人外出時趕快找到人！」

宮殿內的衛兵全都開始搜索珊朵拉的行蹤。發現偷溜行動被察覺的珊朵拉慌忙看了看所有人的臉。

「總……總之！繼續待在這種地方會被宮內的警衛發現！大家先跟我來就對了！」

「呃……咦？」

珊朵拉伸手拉住仁，非常匆忙地拔腿往前跑。

被丟下來的三人先目送他們離開。

「好啦，我們也跟上吧。當然珮絲特妳也要一起來喔。」

「…………………」

「啊！不可以逃走喔！我真的很想見妳！要是這次讓妳逃走……我們一定再也不能好好聊一聊。」

鈴開口以純粹無垢的言語來束縛住珮絲特。

她的發言中完全沒有用到任何譬喻。

如果珮絲特在這裡逃走——兩人真的不會再有機會和彼此和平對話。

（……嗚……）

無論鈴和殿下有什麼企圖，現在只能仔細觀察並判斷事態的發展。

珮絲特靜靜點了點頭，離開了宮殿。

——「煌焰之都」煉製工房街，第八十八號工房。

踩著雀躍腳步的飛鳥凝視著磚造屋頂的煙囪冒出黃色排煙的樣子，應該是覺得這裡展現出了不像是工業區的華麗感吧。

神珍鐵製的巨兵——迪恩被送進了這條工房街上一間特別大型的倉庫裡。

在「Underwood」的戰鬥中正面對抗巨龍而半毀的它被交給「Will o' wisp」並進行修理。

看到修理過後已經完全恢復原來模樣的迪恩，飛鳥開心地大叫：

「迪恩……真的修好了呢……！」

「DeN。」

迪恩的單眼點起光芒回應了主人的呼喚。雖然空洞的身體還被固定著，不過既然飛鳥已經來了，應該馬上就會解開吧。

「明明之前已經變得那麼破破爛爛……十六夜同學說的禮物就是指這件事嗎？」

「呀呵呵呵呵呵！當然這也是，不過不只這樣喔！」

這時，吊在工房裡的提燈中湧出火焰。

伴隨著開朗的笑聲，南瓜惡魔——傑克在飛鳥面前出現。

「好久不見了，飛鳥小姐！黑兔小姐！」

「ＹＥＳ！傑克先生也一點都沒變，真是太好了！」

「嗯，能聽到妳的開朗笑聲真是讓人高興。」

飛鳥和豎直兔耳的黑兔也打起招呼。

兩人環視工房之後，以有點佩服的態度開口：

「不過，借用這種大型工房真的不要緊嗎？看起來設備也很齊全，價格應該不便宜吧？」

「呀呵呵！關於這方面，多虧有莎拉大人幫忙介紹。這裡似乎是她還隸屬於『Salamandra』時使用過的工房。」

莎拉以前使用的工房——聽到這個情報後，飛鳥再度環視倉庫的內部。

這裡到處都設置著似乎是手工打造的蠟燭式提燈，醞釀出不像是工房的時尚氣氛；四下散亂的小道具看來經常被使用，讓人自然而然能感受到主人投入的情感；這間工房散發出的氣息確實很符合同時擁有女性身分和戰士身分的莎拉的風格。

參觀完一圈之後，飛鳥突然停下腳步。

「傑克，那麼禮物是指什麼呢？」

她以帶著期待的發亮眼神望向傑克。

同樣點亮了南瓜頭顱的傑克開口回答。

「呵呵……今天請妳們來，是因為同盟條件之一：『金剛鐵』的煉鐵和附加恩惠(gift enchant)的儀式已經結束。」

「真的嗎？」

「嗯，除了受訂的新裝備之外，還為飛鳥小姐準備了兩個恩賜……話雖如此，在同盟正式締結之前無法取得『金剛鐵』的採掘許可，所以這次是使用了『No Name』寶物庫裡的微量鐵塊。」

南瓜頭的眼眶中點起認真的火焰。

傑克提到的鐵塊應該就是仁和「六傷」開會時一併帶去的那塊「金剛鐵」吧。

「然而這個鐵塊似乎是用於緊急狀況，因此份量很少。於是我徵求十六夜先生和春日部小姐的同意，優先為飛鳥小姐製作。」

「也……也就是說……我有三個恩賜？」

「真是太棒了！這樣一來戰力就能大幅提昇！」

黑兔興奮地揮著雙手。

飛鳥則因為超乎想像的禮物而驚訝得目瞪口呆。

同時不安也從腦中一閃而過。至今曾經多次受到他人明白指出，久遠飛鳥的身體只是個普通少女。無論準備了多麼強力的武裝，她無法順利掌控應用的可能性依然很高。就連跟珮絲特練習對戰時，也是基於這個原因而嚐到慘敗滋味。

飛鳥把雙手扳來扭去，很難得地以客套語氣喃喃說道：

「就算一口氣為我準備這麼多恩賜……但目前光是迪恩我也未能完全掌握。還是做給十六夜同學或春日部同學會比較……」

「可是，飛鳥小姐。如果妳打算以目前的實力和魔王繼續戰鬥下去，妳真的會死喔。」

——咦……！飛鳥把話硬吞了下去。

她大概沒有料想到紳士的傑克會講出如此尖銳的發言吧。雖然這是完全沒打算修飾的直接指摘，然而也是飛鳥本身充分體認到的情況。看到找不出話反駁的飛鳥垂下肩膀，傑克晃著南瓜頭笑了。

「飛鳥小姐，你們三人各自擁有不同的才能。而妳的才能是其中特別難以掌控的稀有才能——舉例來說，就是晚開的櫻花。」

「我是……晚開的櫻花？」

「沒錯。為了讓年輕櫻花的花蕾能夠綻放，送給妳的恩惠——是『Will o' wisp』傾注全力的大傑作！當妳得到這恩惠時，原本心中懷抱的煩惱霧氣想必會化為朝露，隨著黎明降臨而一併消失吧！」

——所以希望妳務必要對自己有信心。

這份熱烈的心意和他的發言一起傳達給了飛鳥。接著南瓜頭的紳士握住飛鳥的雙手，把代

為保管的酒紅色恩賜卡還給她。

飛鳥也受到傑克的開朗笑容影響而放鬆了緊繃的表情。

「謝謝你，傑克。我會小心使用每一個你為我製作的恩賜。」

「呀呵呵，請妳一定要好好使用喔！如此一來那兩人也會很高興吧！」

「……嗯？」飛鳥狐疑地歪了歪頭。

假設一人是愛夏，那麼另外一人到底是指誰呢？

然而她還沒有機會開口發問，傑克就興致勃勃地繼續說道：

「好啦，那麼我們前往舞台會場吧！」

「舞……舞台會場？」

「沒錯！觀察飛鳥小姐的戰鬥至今……我認為妳需要讓自己去習慣使用恩賜！也就是要盡量不斷地累積實戰經驗！這樣一來嘎羅羅兄傳授的戰術也會派上用場吧！」

南瓜頭不斷旋轉的傑克呀呵呵呵笑著。

產生不妙預感的飛鳥和黑兔看著彼此倒吸了一口氣。

「該……該不會是要我參加遊戲吧？直接上場實戰？」

「正是那樣沒錯～～～！而且現在為了紀念召集會所以不用參加費！請趁這個機會——在『造物主們的決鬥』中輕鬆獲勝吧♪」

「咦！」飛鳥只叫了一聲就說不出話來。理由自然不必多解釋。

因為耀應該也參加了那場遊戲。兩人正想要提出抗議，然而這時從工房深處傳來的粗暴腳步聲和似有印象的說話聲卻打斷了她們的行動。

「什麼～～～～～！你說來接收迪恩和『堡壘』的是那些『無名』的傢伙們嗎！這到底是怎麼一回事？我可什麼都沒聽說啊！」

「請……請您等一下！這事請交給傑克大人處理……」

「囉唆！修理那兩個恩賜的人是我！你們全都閉嘴！」

「不行啊！盧奧斯大人！」

「咦？」飛鳥和黑兔發出變了調的叫聲望向彼此。

「……是我的幻聽嗎？黑兔。我好像聽見了某個過去曾經有印象，而且帶著卑劣感的名字耶？」

「先……先不論那有沒有卑劣感，不過盧奧斯這名字，該不會——」

下一瞬間，後門被踹破了。

揚起煙塵在眾人面前現身的人，是一個胸前刻著「蛇髮女妖頭像」旗幟的男子。

也就是數個月前曾敗給「No Name」的對象——「Perseus」的盧奧斯正以憤怒的表情瞪著兩人。

＊

——箱庭五四五四五外門舞台區域，「星海石碑」前的鬥技場。

春日部耀前往的地點，是在處處以燦爛雕花玻璃妝點的「煌焰之都」中也顯得特別華麗的場所之一。在這條展示迴廊中，不只裝飾了色彩鮮艷的玻璃，還點綴著散發出宛如星辰般光輝的各式寶石。

這裡排列著歷代術師們創造出的形形色色紀念碑，是為了表揚支撐起北區後世發展的技術者們的功績而特別準備的區域。

例如要是能在誕生祭時耀參加過的「造物主們的決鬥」等遊戲中獲得優勝，就可以取得在這個展示迴廊中刻下共同體名稱和旗幟的權利。另外也舉辦了美術部門、技術部門等比賽，同樣是優勝後就能在石碑的展示迴廊中留下功績。

耀參觀著各式各樣的珍品名作，有點尷尬地歪了歪頭。

（……不過，我參加這場遊戲真的好嗎？）

正如先前所說，在北區流通著掌控「精煉、製造結晶、鍊金術」等精密技術的恩賜。也因為具備了這種土地特質，這裡的人類非常多。眾所皆知，人類作為種族的力量並不強大，除非擁有特殊出身，即使說是最下層的等級也不為過。然而在這個北區，透過人造或靈造來讓恩惠具體化的技術相當受到重視。

也因為如此，人類特有的獨創性和技術力獲得了高度評價，讓這裡成為比較適合人類居住的土地。尤其是展示於「星海石碑」中的共同體更是成為取得「Salamandra」保證的共同體而備受好評。

聚集在鬥技場的參加者也同樣都是些試圖建立自身功績而用心警戒的強者們。耀不由自主地茫然思考著……像自己這種人，真的適合加入這個有許多製作者彼此競爭的集團嗎……？

（光是參觀展示迴廊就已經感到十分開心了，進一步引起負面評價或許對共同體沒有好處……嗎？）

耀歪著腦袋思考。與俗事隔絕的她對於這種微妙的細節並不熟悉，雖然不久之前還有三毛貓可以幫忙說明，然而現在牠已經不在耀的身旁。在巨龍之戰中身負重傷的三毛貓決定留在「Underwood」，把大樹當作度過今後餘生的場所。

（…………）

耀以心不在焉的眼神望著展示品。這也是兩人討論過後才決定的事情。

三毛貓和耀在同一天出生，是一隻已經度過十四年歲月的老貓。對耀而言，牠可以說是比親人更親的存在。

然而正因為如此，三毛貓比任何人都擔心耀的人際關係。

「——小姐您已經不是一個人了，今後必須在人類社會中生存下去才行。」

聽到裹著繃帶的三毛貓這麼說，耀並沒有否定。這只是總有一天必定要面對的別離提早來臨了而已。雖然會感到寂寞，然而拒絕這提議等於是背叛。

內心極為不捨的耀將三毛貓託付給「六傷」的嘎羅羅，請求他幫忙治療傷勢與照顧今後。同盟對象的「六傷」爽快地答應了這個請求，歡迎三毛貓成為同志。

獲得大樹環境也很適合療養的保證後，一人一貓都邁向新的開始。所以從今以後，無論碰上什麼事情耀都必須自己一個人做出結論。

如果無法辦到這一點，她就沒有臉面對三毛貓。

（嗯，嘎羅羅先生也有為我打氣，我必須好好努力才行。）

耀握緊雙拳。

嘎羅羅自稱是她的父親──春日部孝明的友人，在各方面真的都很照顧「No Name」。然而關於父親的經歷卻絕口不提，只在臨別時講了這麼一句話：

「──我現在還什麼都不能說。如果妳依然想知道孔明的事情，就去追尋那傢伙留下的軌跡吧。光是那樣做，應該就能明白那傢伙到底是什麼樣的人。」

之後的兩個月內，耀試著找尋父親的軌跡，然而卻什麼都還沒掌握到。

就連蕾蒂西亞也堅持「希望妳現在能多等等」。在這種情況下，耀來到這個名為「星海石碑」的展示迴廊。

（聽說這裡是箱庭都市數一數二的展示迴廊，說不定會有爸爸的作品……不過果然不會那麼簡單就找到呢。）

耀雙手抱胸開始煩惱。雖然以「生命目錄」來報名遊戲並看看周圍反應也是可以採用的做法之一。

然而耀果然還是覺得，自己去參加這種由著名鐵匠或雕刻家競爭名譽的遊戲應該會引起他人反感。若是參加之後只有自己一人被認定是搗亂者並臭名遠播那還無所謂，然而耀想避免這樣導致「No Name」身為共同體的負面評價也跟著擴散……

咕咚！

痛……好痛。那麼到底該怎麼辦才好？歷經幾番思量，耀還是一直沒有想出答案。不得已，她拿起那個剛剛砸中自己腦袋，形似鈍器的銳利物體。

（……這是什麼？）

是一個十字型而且先端呈現弧形的鈍器。如果要具體形容，這外型算是類似「榔頭」。

……不對，應該說這東西正是榔頭吧？

（真危險，如果被打中的人不是我，說不定已經受了重傷。）

耀看了看周圍，然而展示迴廊中的大量行人形成阻礙，不可能特定出犯人。或許這種事在工藝之街的「煌焰之都」中算是十分平常？耀側著腦袋思考著，這時——

咕咚！

又挨了一記。

（…………………）

耀用力握緊手中的榔頭。一次還可以說是偶然，連續兩次就是故意。而且這攻擊甚至連擁有如野獸般銳利五感的耀也無法察覺到，絕不是普通的投擲。

（…………………）

耀靜靜地擺出備戰態勢。既然已經發生過兩次，那麼再有第三次也不奇怪。

她閉上眼睛豎起耳朵，準備對應第三次的襲擊。

耀的心胸可沒有寬闊到莫名其妙遭受襲擊還可以笑得出來。如果是十六夜，應該會主張要是挨打兩次，就要回敬二十次才符合行情吧？那麼自己必須回敬兩百次才夠。

耀等待著應該從展示會場的人群中襲擊而來的榔頭——

「……沒事嗎？」

「！」

這次她真的嚇得往後跳。

突然有一個不認識的少女對她說話，讓耀差點因為過於驚訝而跌倒。

這也難怪。既然耀已經提昇了五官的感應度，想在不被她察覺的情況下接近根本不可能。

明明應該是這樣，少女卻突然在她的面前出現。

這是個完美到不自然的奇襲。

「呃……那個……？」

耀半張著嘴巴看向聲音的主人——一名看起來和自己同年齡的少女。

這時她再度吃了一驚。

對方擁有如同花蜜般甜美的娃娃臉，有著和緩波浪的雙馬尾以及和明顯稚氣的臉孔根本不搭調的誘人身體曲線。身高雖然和耀差不多，胸前卻呈現很有女人味的豐滿起伏。身上那套裝飾著黑色和藍色蕾絲的哥德蘿莉塔服裝還以暴露的半透明布料來彰顯著胸口和美腿的魅力。

明明穿著怎麼看都像是在引誘男性的大膽服裝，她的眼神卻純潔無瑕，身體也毫無防備地展示著。要是被這樣的少女凝視，無論男女肯定都會心跳加速。

然而這過度具備魅力的外貌反而刺激了耀的警戒心。

（這女孩……不是人類？）

而是偶像——小惡魔直接具體幻化成形的少女。這種想法從耀的腦中一閃而過。

然而沒注意到耀心生警戒的少女凝視著她的臉，再度開口發問：

「……頭沒事嗎？」

「啊……嗯，沒事。不過這是妳丟的嗎？」

少女點點頭。

光是這樣一個動作就極度惹人憐愛。就算是耀，也不能把如此可愛的少女打飛出去。起碼

擁有這程度常識的耀最後——

咚！

「！」

只回敬了一記手刀。而且算是挺用力，差不多是會把岩石打破的強度。

「這樣算扯平了。」

「………………………………………………………………………………嗯。」

神祕少女面無表情地點了點頭，看來她似乎有在確實反省。

耀重新振作起精神打算自我介紹，少女卻打斷她的話。

「妳也要參加遊戲？」

「……遊戲？妳是指『造物主們的決鬥』？」

少女點頭表示肯定，接著以純潔的眼神凝視著耀的臉孔。

雖然耀也算是話很少，但是這少女卻比她更加沉默。耀從來不曾和比自己還寡言的人對話，這少女是初次碰上的強敵。

彷彿是受到少女眼神的鼓勵，原本還在猶豫是否要參加的耀點了點頭。

「……是嗎？妳會參加啊。」

少女露出了淺淺微笑。

「太好了。這樣，就可以履行和孔明的約定。」

咦——在耀訝異到講不出話的那瞬間。

少女在毫無預警的情況下，突然如同煙一般消失。

「——怎麼可能……！」

消失……沒錯，的確是消失了。

不是消除了存在感，也不是以高速離開，更不是飛上天空。因為這些物理上的欺瞞手法不可能騙過耀的五感。

突然出現的少女沒有留下任何痕跡，就在耀眼前消失無蹤。

（她到底是用了什麼方法……不……更重要的是……！）

孔明——認識她的父親，春日部孝明的人都這樣稱呼他。那麼剛剛那少女提到的「孔明」，或許也是指父親。

（該不會……真的有爸爸的線索？）

耀猛然抬頭，從展示迴廊中仰望鬥技場，眼中已經沒有先前的迷惘。

看來自己獲得了參賽的理由。

耀一邊尋找著如同花般甜美的少女身影，同時動身前往報名場。

＊

——「紅玉洞穴」地下澡堂。

北區擁有豐富的降雪量，然而卻很少下雨。

即使是吊燈庇佑範圍內的「煌焰之都」也不例外。雖然箱庭都市的天候是由管理這地區的「階層支配者」負責控管，然而常春的東區和北區原本氣候就不同，即使是支配者，能做的事情也依然有限。

多虧有吊燈的篝火而使得路上不可能出現積雪，不過水道就另當別論。由於下雪時氣溫也會下降許多，因此結凍的情況並不少見。

為了解決這個問題，這裡建造了地下水動脈。

「煌焰之都」是外牆其中一面背對巨大山峰的天然要塞。生長著茂密森林的山峰發揮出天然蓄水池的功能，成為這片土地的生命線。

這個城鎮就是透過地下道來管理山上流通的水脈。

為了避免地下水道結凍還設置了放熱工房，而珮絲特等人造訪的這個浴場就算是工房的副產品。

（……不對，這些事情都不重要，我總覺得狀況發展不對勁。）

在小孩專用的更衣室中，珮絲特茫然地思考著。

一起逃進更衣室的鈴和珊朵拉表現出理所當然的態度，開始和樂融融地脫下衣服亂丟。

「是嗎～既然是小孩子專用的公共浴場，大人當然沒辦法進來。」

「嗯。雖然現在還不是營業時間，不過我拜託櫃台的人讓我們先進來。」

「哦哦！不愧是珊朵拉！這樣濫用權力真的很有共同體領導人的感覺！」

講得真對。然而這種情況對珮絲特來說相當不妙，因為無論如何都不可能在小孩子專用的浴場裡碰到「No Name」的成員。

（現在不可能和飛鳥他們會合……至少如果可以向仁說明情況……）

珮絲特和仁是根據契約而形成的主僕關係，戴在仁右手上的「哈梅爾的吹笛人」戒指就是證據。兩人可以透過契約的戒指來私底下進行祕密對話。

只要使用戒指，要把「鈴和殿下是敵人」這點告訴仁並非難事，然而——

（……在真面目曝光的那瞬間，兩人肯定會痛下毒手。）

即使順利傳達情報，仁能不能繼續瞞住對方？這才是問題。

就算仁開始以共同體領導人的身分學會和他人交涉，但基本上還個少年。珮絲特並不認為他具備了事出突然還能徹底隱藏真心的演技。

雖然受到焦躁煎熬，但珮絲特還是決定現在必須保持沉默。

（雖然不知道他們到底打著什麼主意，不過兩人都接受了現在的狀況。當然也有可能是因為瞧不起我們，但或許這樣正好。）

不管怎麼說，首要之務是觀察對方的動向。

珮絲特以看開了的態度解開女僕服的釦子開始脫下衣服。雖然她極度痛恨澡堂，但也不能讓兩人離開視線。於是她跟在先走一步的鈴和珊朵拉後面進入浴場……

「啊，仁！你先進來了啊！」

然後滑了一跤。

「「——咦……？」」

仁和珮絲特發出變調的叫聲。理由當然不必多做解釋吧？

這裡可是世界無敵的大浴場——換言之，所有人都光著身子。

＊

——稍微回溯一些時間。

很快就脫下衣服的仁來到淋浴處基座的旁邊準備洗頭。

他以熟練的動作按下裝有洗髮精的唧筒並搓出泡沫。根據洗髮精的香味，這裡準備了以一間公共大浴場來說算是相當高級的用品。

應該是使用蒸餾器從花瓣中提煉出的洗髮精吧？在「No Name」這算是十足的奢侈品。

仁一邊用手掌搓揉著白色泡沫——同時覺得有點為難。

理由自然不必多解釋，讓他煩惱的種子是默默坐在旁邊的白髮金眼少年。

（好……好尷尬……！）

相遇之後過了差不多過了三十分鐘。彼此之間只有這樣的交情，甚至連對方的本名都不知道。現在卻處於必須和這樣的同齡少年光溜溜肩並肩坐在一起的狀況。

問題是面對這超脫常軌——以某種角度來看確實很超脫常軌的這個氣氛，仁並不具備能改善現狀的熟練技巧。

「…………」

他偷偷橫著眼看了看對方。

被稱為殿下的少年繼續沉默地坐在洗頭用鏡子前方，也沒有任何動作，只是挺著背脊望著裝有洗髮精的唧筒。這讓仁覺得很不可思議。

的確這個洗髮精算是高價品，和七位數相較，五位數從庶民的層級開始就已經有著不同的生活基準。

然而這個少年的視線與其說是那類庸俗的眼神——反而更像是因為看到過去沒見識過的東西而染上了好奇的神色。

「……呃，那個……殿下小弟？」

「什麼？」

聽到這很符合稱謂的堅毅回應，讓仁更為困惑。

他是基於想緩和氣氛的意圖而使用了「殿下小弟」這種上下矛盾的叫法，然而這個展現出超然氣質的少年似乎聽不懂玩笑。

那麼只能用更簡單的玩笑來發動攻擊了。仁下定了決心——

「那個……你似乎一直看著洗髮精的唧筒……」

「是嗎？原來這是唧筒嗎？」

哇喔！

「是……是唧筒沒錯，就是裝著洗髮精的容器。」

「原來如此，這下我理解了。原來是藉由按壓上面這部分的動作來對內側加壓，好吸起裡面的液體嗎？是個單純但革命性的構造。」

「是……是嗎？」

殿下似乎很佩服地「嗯」了一聲，伸手拿起裝有洗髮精的唧筒。到了這邊，仁的嘴角因為不妙的預感而有些抽動。

「你該不會……沒有洗過頭髮吧……」

「別講那種沒禮貌的發言，我每天都有洗頭。」

「真的？」

「嗯，不過沒有自己洗過。」

殿下以認真的表情回應。

……看來他是說真的，平常似乎是由別人幫他洗頭。

仁忍不住仰頭感嘆。

「……我還是問一下，你知道怎麼洗頭嗎？」

「雖然不太懂，但知道理論。要讓水和洗髮精在空氣中混合引起化學反應，製造出泡沫就行了吧？」

「是……是呀！然後用泡沫來洗去頭髮上的油污。」

「是嗎？仁真是博學。」

好！殿下鼓起幹勁壓下唧筒。或許是多心，總覺得他似乎很享受這個過程。在手中製造出大量泡沫之後，殿下以感到很稀奇的態度開始洗頭。

仁苦笑著提出疑問：

「你平常都是讓僕人幫你洗嗎？」

「嗯，有三名專屬的部下撥給我使喚。不過格老的技術太爛，所以洗頭主要是奧拉和鈴的工作。」

「你說鈴……該不會是剛才那女孩吧？你讓女孩子幫你洗頭嗎？」

「是啊，怎麼了？」

殿下抬起白色腦袋露出不可思議的表情。這個動作導致泡沫跑進一邊眼睛裡，他露出很痛的表情閉上眼。看樣子這個人似乎真的不曾自己洗頭。

仁目瞪口呆地半張著嘴，提出當然的疑問：

「殿下你……是共同體的繼承人之類嗎？」

「基本上這稱謂是基於那種意思。」

「本名呢？」

「祕密。不過要是你猜中了我會告訴你。」

殿下笑著抬起頭。這動作又導致泡沫跑進另一邊的眼睛裡，他反射性地以沾滿泡沫的手去揉眼睛。第一次的洗頭挑戰很快地就成了大慘劇。

「……自己洗頭原來這麼難。」

殿下忍著疼痛低聲說道。明明應該相當痛他卻能如此冷靜，說不定算是一種才能。仁暗暗感到佩服。

正當仁也打算開始洗頭而把泡沫放到頭上的那瞬間——

「啊！仁！你們先進來了呀！」

他滑倒了。

而且還是保持坐著的姿勢，連人帶椅子很用力地轉了半圈。

「「——咦……？」」

這裡可是世界無敵的大浴場——換言之，所有人都光著身子。

「騙……騙人……！」

這不是騙人，也不是比喻。

男女共五人的少年少女們以一絲不掛的模樣——不，正確來說是除了身上裹著毛巾的鈴以外，四名少年少女在浴場裡裸裎相見。

然而珊朵拉卻以毫不在意這種情況的態度甩著紅髮跑向仁。

「我三年沒有和仁一起洗澡了！以前明明經常幫對方洗呢～！」

「什麼啊，原來仁也讓別人幫忙洗嘛，我還以為會不會是自己很奇怪。」

「咦……等等……不是……！」

仁驚慌失措到開始語無倫次。

身上圍著大毛巾的鈴並沒有理會仁，而是直接跑向殿下。

「哇喔！殿下自己在洗頭！是心境產生了什麼變化？」

「不，不是心境變化，而是狀況變化。既然沒有人能幫我洗，我只好自己洗啊。」

「哦哦！原來如此！」表示佩服的鈴以理所當然的態度把手伸向殿下的白髮，開始幫他洗頭……他們到底是什麼關係？這兩人給人的感覺真是愈來愈不可思議。

然而看到這一幕的珊朵拉卻以興致勃勃的表情站到仁背後。

「那仁的頭髮就由我來洗吧！」

「珊……珊朵拉？」

珊朵拉與高采烈地扭動著手指。為了避免誤解這裡必須事先說明，珊朵拉依然是全身一絲

不掛。

仁遮住該遮住的部分，面紅耳赤地在浴室裡四處逃竄。珊朵拉開心地追著他跑，而鈴則是愉快地旁觀著這場景。

只有珮絲特一人——遮住身體並像是在問天般地喃喃自言自語。

（……這個狀況，到底是要我怎麼辦？）

——「煌焰之都」工房街，西區。

「神隱」現場已經出現大量人群。地點是工房街某住宿設施內的一間房間，建築物本身則是為了留宿於借用的工房中而興建。

磚造的街道已經被憲兵隊封鎖，前方由「Salamandra」的參謀曼德拉負責指揮。

他一確認十六夜的身影，立刻皺起眉頭嘆氣。

「……你來做什麼，這裡可沒有娛樂。」

「當然有娛樂，發生了『神隱』不是嗎？」

十六夜哇哈哈笑著，跨過了隔離用的柵欄。

憲兵隊的眾成員雖然都露出深惡痛絕的表情，但卻沒人出聲阻止。

這幾天他們體認十六夜實力的次數已經多到讓人厭煩了。即使現在試圖逮捕他，最好的下場也只是會反遭他痛擊。

「那麼，已經有犯人的線索了嗎？」

「還沒有。雖然應該是使用同一種術法，然而到底是誰卻完全掌握不到頭緒。」

「……同一種？意思是連續發生了『神隱』事件嗎？」

「嗯，如果想看現場我可以讓你看，但絕對不准破壞。」

逐漸習慣如何對應十六夜的曼德拉打開住宿設施的門讓十六夜進去。

明明發生了某種事件，然而內部卻沒有變亂，反而處於彷彿像是把平時的平穩直接保存下來的狀態。

來到設施三樓的曼德拉停下腳步。

「這房間就是『神隱』的現場。」

他打開房門讓十六夜進入。房間內果然也還殘留著生活感，完全沒有呈現出任何遭受破壞的模樣。

現場籠罩在平穩的氣氛中，甚至讓人很難相信曾經發生了綁架事件。

「…………」

唯一的例外——就是寫在入口正對面的「混」字和神祕的箭書。

「『游手好閒』……還有『混』這個字，這些應該都是中文吧。」

「嗯，不知道是術法造成的痕跡，還是犯人留下的訊息。無論是哪種，其他兩個現場也留有類似的文字。所以我等判斷是同一名施法者。」

「哦？我姑且問一下，其他是寫了什麼？」

眼中散發出好奇心光芒的十六夜開口發問。按照曼德拉所說，這些神隱事件中留下了三段應該是中文的文字。

——游手好閒。

——虛度光陰。

——一事無成。

據說就是留下了寫有以上三句話的信函。

十六夜仔細推敲著這些詞語，突然皺起眉頭。

「……有其他線索嗎？」

「這是第三個被抓走的被害者。」

「嗯。被害者們有什麼共通點嗎？」

「沒什麼特別……不，只有一點。消失的被害者每一個都是歲數不大的小孩。」

曼德拉這輕描淡寫的發言卻讓十六夜似乎很不愉快地咂舌。

「……這點真讓人不爽。」

「哦？踩到你的地雷了嗎？」

「嗯，踩到了。而且還像是被人用槌子狂敲的感覺。」

十六夜的發言雖然像是在說笑，但聲調中卻包含著明顯的怒氣。

剛才為止他明明只對「神隱」現象本身有興趣，然而現在卻突然針對起犯人，甚至還抱著敵意。

感到意外的曼德拉沒有惡意地開口問道：

「這樣講雖然好像滿沒禮貌，不過我還以為你是對這些背景沒興趣的類型。」

「你的判斷沒錯。對於非親非故的對象，即使強加同情和善惡也沒有意義——不過呢，就連我也有小心遵循的一兩個準則。而這傢伙卻從正面違反了其中的第一原則，所以我可不能置之不理。」

十六夜宣布，無論必須拋下什麼，他都一定要親手制裁犯人。

曼德拉更是詫異。

「……你剛剛提到的準則，是指不對小孩子下手嗎？」

「不是。我只是從以前就一直認為——強大的力量只能對強大的傢伙使用，直至今日。」

十六夜眼中散發出銳利的光芒，將自己的不成文規定告訴曼德拉。

小孩子無論是肉體面或精神面，毫無疑問在社會上都屬於弱者。

正因為如此，十六夜無法容忍擁有力量者對小孩子下毒手。

對於天生就被賦予絕對性力量的逆迴十六夜來說，這是堅不可摧的法律。他那對燃燒著怒火的雙眼訴說著，無論任何人都不可以在自己眼前破壞這條法律。

「我已經明白『神隱』事件的概要了，也已經慢慢推論出犯人的形象。我會隨手幫你們抓到對方，你們就直接繼續去負責召集會的警備工作吧。」

「……哼，那麼你交出犯人時記得報出我的名字，那樣應該就能讓憲兵隊了解。」

「知道了～」十六夜隨便舉起手回應。

覺得走樓梯下去太麻煩的十六夜把腳踩上窗框，打算直接從窗戶離開。

這時他的視線突然緊盯著隔壁工房的屋頂。

那間工房的煙囪裡噴出顏色鮮艷到詭異的排煙，大概正在進行什麼可疑的儀式吧？只見黃綠色濃煙被排放進萬里無雲的天空中。

然而這種事情並不重要。

讓十六夜目不轉睛的原因——是一個在兜帽長袍上繡著「混」字的陌生人影。

「……喂，曼德拉。」

「怎麼了？該不會你現在才打算要求我們協助吧？」

「不好意思正是那樣——你們立刻去下面布陣警戒吧，『神隱』的犯人大駕光臨了。」

話才剛說完，十六夜就像是子彈般從窗口跳了出去。

十六夜以殘像都會被拋開的速度往前奔馳，眨眼之間就縮短了距離，逼近「混」字。然而對方似乎早就在等待著他的攻擊，只見刺繡而成的「混」字飛往半空。

原來是神祕人影扭動身子避開了十六夜的突擊。

看到這輕快的動作，十六夜也認真了起來。

（這傢伙……不是普通的綁架犯嗎？）

十六夜在磚造屋頂上擺出備戰態勢。

另一方面，曼德拉卻從窗口探出身子激動大吼：

「喂！在哪！『神隱』事件的主犯在哪裡！」

「啥？你在說什麼啊？我眼前不就有個穿著『混』字衣服的傢伙——」

十六夜只講到這邊就停了口，大概是注意到曼德拉的樣子很奇怪吧。他完全不管眼前的「混」字人物，而是全神貫注地開始拚命搜尋下方。

這不自然的舉動讓十六夜忍不住咂舌。

「這傢伙……該不會看不到吧？」

「沒錯，看來你的直覺還不錯嘛。你就是最近街頭巷尾傳言的新面孔嗎？」

疑似是「神隱」犯人的黑影突然開口，藏在麻布兜帽下的臉孔還露出賊笑。看樣子對方應該是擁有知性的妖怪類。

十六夜帶著煩躁把視線放回對方身上，同時也感到理解。

雖然不知道是靠著什麼樣的恩賜，然而這個背上有「混」字的犯人似乎能讓自身不被察覺。要是沒有對應的手段，自然也很難找出犯人吧。

十六夜毫不畏懼地笑了，以食指示意對方過來並開口挑釁：

「雖然不知道是哪裡的傳言，不過你要是在意，我倒覺得你靠自己實力來確認一下才比較可靠——放馬過來吧，『神隱』犯，我會揭發你那狡詐的術法。」

光陰

「哼哼，氣勢不錯啊！我很欣賞你那份狂妄哦！新面孔！」

對方甩著背上的「混」字，從麻布長袍裡拿出一個似乎是紙卷的物體。接著被打開的紙卷中出現了「虛度光陰」幾個字。

那就是「神隱」的真相嗎？紙卷才剛打開，色彩繽紛的「煌焰之都」立刻被奪走了顏色，成為黑白的單色畫。

十六夜因為這突然的異變而把警戒提升到最高程度。

（這是……城鎮中的色彩消失了……？）

如果要比喻，就像是把墨汁整個潑進空氣中。

然而景觀的異常變化並非僅只於此。「煌焰之都」不但被奪走了光輝，連居民的動作也全都遭受制止。

「哼哈哈哈！什麼嘛什麼嘛！真是讓人失望啊新面孔！聽說你是打動那個蛟魔王的傢伙所以我本來還有點警戒，結果卻是個小卒仔！哎呀～能找到這麼棒的冤大頭真是太幸運了！」

「混」字人物抱著肚子大笑。看他的態度，這原本應該是會連十六夜的動作也一起封鎖的術法吧？然而十六夜卻是為了看穿這術法而故意停止自己的動作。

（——原來如此，這片黑白就是「虛度光陰」嗎？）

「虛度光陰」在中文裡，代表「白白度過空虛時間卻一事無成」的意思。是比成語「光陰似箭」更具備怠惰之意的詞語。

而「混」這個字也僅限於在中文裡，會產生和「虛度光陰」類似的意思。

在日本，使用到「混」這個字時，大部分是基於「混合」這種含意；然而如果視為中文字，其實就會轉變成「無為度日、得過且過」的意思。

把這些也列入考量後，十六夜分析著眼前的黑白風景。

（從奪走色彩──光線的現象來看，似乎是操作時間並使其停止。然而講到這個景觀代表的意思，應該要認為是某種比喻表現才對。）

十六夜裝出靜止的模樣並繼續考察，幸好敵人還在捧腹大笑。

（「光陰似箭」是形容人類感覺到時間流逝的的諺語。如果「奪走色彩」是在表現「無所作為」這句話──那麼「虛度光陰」就是停止敵人感覺時間的恩賜嗎？哼！的確最適合用來執行「神隱」。）

既然是如此強力的恩賜，必定還會伴隨著其他類似使用條件的限制。如果「只能綁架小孩」就是使用條件，那麼也可以解釋這一連串的「神隱」事件。

然而，「把如此強大的恩賜拿來針對小孩子使用」的這個結論，更是狠狠踩中了十六夜的地雷。

十六夜以很不爽的態度把頭髮往後撥。

「──哼！以『神隱』來說算是挺有技巧……不過僅限於碰上我的情況，我可要說這是下策。」

「……哼哈？」

低俗的笑聲嘎然停止。

背上有著「混」字的黑影這時總算察覺自己的術法對十六夜不管用。笑容一下子換成訝異，他踉蹌往後退了三步大叫了起來。

「等……等一下！你為什麼能動！你不是能看到我嗎！既然如此……為什麼我的術法卻沒有效？」

「哦～」十六夜發出感到意外的聲音。

接著雙眼放光的他露出兇猛笑容。

「你剛剛說了很有趣的發言。」

「……………！」

「原來『看得到你』跟『術法是否有效』是共通的恩賜嗎……哼，我推測出你的真面目了，三流魔王。」

「什……你……你到底？」

「這樣一來，剩下問題就是你的靈格了。既然是『神隱』的犯人，我本來還很希望是猿神哈奴曼，不過這想法恐怕太冒犯了。畢竟再怎麼高估，你頂多也只是隻猿怪。如果你想訂正的話我願意聽聽喔，『混世魔王』大人？」

和狂妄的發言內容相反，十六夜以似乎感到很無趣的聲調隨口講出這番話。然而對於身穿

長袍的黑影——被稱為「混世魔王」的人物來說，這卻是等同於致命傷的情報。

（這……這個死小鬼……！腦筋到底轉得有多快……！）

混世魔王在滿心驚愕的情況下，開始稍微把重心往後移。

他肯定完全沒有想到，光是這樣對話幾句，自己就會被揭穿真面目。

（嘖……說這小鬼和蛟魔王那傢伙打得不分上下的傳言或許不是假話。既然王牌術法已經被看破，現在只能先躲起來了嗎……？）

當他用力踩下磚造屋頂打算往下跳的那瞬間，十六夜的雙眼散發出猙獰的光芒。

「你覺悟吧。在真正的『神隱（遊戲）』開始前，我就會先解決你——！」

接著他讓腳下立足點彷彿發生爆炸般崩裂並開始往前衝刺。

面對以壓倒性速度來縮短距離的衝刺攻擊，混世魔王在千鈞一髮之際才總算避開。或許該說再怎麼不入流也算是個魔王吧？只有動作算是相當熟練俐落。

然而可能是因為十六夜的猛烈攻擊讓「虛度光陰」的術法無法繼續維持，下一瞬間「煌焰之都」就恢復了色彩。

「開……開什麼玩笑！你到底是誰！不是個人類小鬼嗎！」

「真沒禮貌的傢伙！我可是百分之一百如假包換純粹培養的人類！」

「講那什麼鬼話！怎麼可能有你這樣的人類！」

說得真好。十六夜感覺耳邊似乎聽到許多同意之聲。

拚命逃跑的混世魔王沿著屋頂狂奔，逐漸靠近城鎮中心。

故意朝著人群逃走的行為，說不定是因為想要趁機尋求其他獵物。如果真是那樣，那就必須儘快抓到對方。

十六夜拉高嘴角，輕輕笑了。

（有趣，居然可以和「神隱」的犯人玩抓鬼遊戲，這下得臨機應變了……！）

他開始以被勾起興趣的態度追趕著混世魔王。

而「虛度光陰」的術法解除後，才猛然回神的曼德拉只能目瞪口呆地目送著十六夜的背影離去。

＊

——「紅玉洞穴」地下浴場。

當十六夜在住宿設施附近和混世魔王玩起抓鬼遊戲的那時期。

五名少年少女接受「既然要混浴就必須把該遮的地方統統遮好」這種來自仁和珮絲特的強烈要求，現在所有人都遮著身體泡進了浴池之中。

第三章

不知道是因為年幼，還是因為成長環境的緣故。

羞恥心已經逐漸提昇到一定程度的仁，和心防尚未卸下到願意裸裎相見的珮絲特，直到現在才第一次意見一致。

「……雖然我自己這樣說也很奇怪，但我們真是複雜的主從關係呢。」

「你很吵耶，有意見的話就出去啊。」

珮絲特坐在浴池邊緣疊起雙腿，雖然角度很危險不過依然有確實遮住該遮的地方。那雪白的肌膚和細緻平滑的肢體，應該會讓人很輕易地就想像出數年後的美貌吧。然而很遺憾，由於他們五人都太年輕了，還沒有人能掌握到這種微小的細節。

仁刻意咳了一聲，接著向珊朵拉提問：

「那麼，珊朵拉。妳說要追查事件是什麼意思呢？和那邊的兩人有關係嗎？」

「嗯。不過首先，我想還是先讓兩人確實自我介紹一下比較好。」

珊朵拉說完，對兩人使了個眼色。

鈴和殿下一起點了點頭。

「我們是隸屬於某行商共同體的鈴，還有殿下。」

「本來在這種場合應該要一併報上所屬共同體的名號……不過抱歉，因為共同體的規矩，我們不能主動告訴你。」

「這是什麼意思？」

「呃……其實只在這裡講個祕密，就是我們有在經手相當危險的商品，因此向來習慣只把知道我方共同體名號的對象視為客人。如果仁你也對我們有興趣，希望你可以先靠自己掌握到共同體的名字。」

「是這樣嗎～」仁表示理解。

同時珮絲特也感到很佩服。

（原來如此，只要設定成這麼一回事，就不必勉強講出自己的共同體名號。甚至連「殿下」這個稱呼也能讓人誤以為是為了避免名字被輕易掌握的偽裝。）

這是個相當高明的手段。

雖然目前還無法看出兩人的目的，不過說不定這也是偽裝行動的一部分。

「我們認識珊朵拉的時間應該是在兩年前吧？大概是在『Salamandra』因為繼承人之爭而發生內部糾紛的時期，還有他們降級到五位數的時間應該也差不多是那時候？」

「沒錯，因為身為第一繼承人的莎拉脫離了『Salamandra』，那是最混亂的時期。加上我們的共同體也有在經營傭兵這行，所以那時被派出來的成員就是我們。」

仁忍不住「咦？」了一聲，也難怪他會有這種反應。

眼前的兩人無論怎麼看都只有十歲多一點。假設和仁同年齡就是十一歲，根據這個假設再去評估參加過兩年前內部糾紛的發言，會計算出他們當時只有九歲的結論。

「你們兩人都是從那個年紀就開始參加遊戲嗎？」

「是啊……可是這也不稀奇吧？畢竟在箱庭裡，不參加恩賜遊戲根本無法過活。」

「雖然讓人火大，然而想在不戰鬥的情況下存活下去反而比較困難。而且追根究柢來說，在城鎮中進行的恩賜遊戲其實具備了濃厚的代理戰爭色彩，那是經濟戰爭，也是物流戰爭，更是宗教戰爭。所以只要被認定能參加恩賜遊戲成為戰力，無論年齡長幼都應該對組織做出貢獻。」

兩人流暢地敘述著自己的意見。仁也點頭像是在衡量他們的見解和境遇，接著開口問：

「難道說，你們兩人是從更久以前就開始參加遊戲？」

「不，兩年前是我們第一次參加遊戲。」

「……是嗎？太好了。」

「「？」」

鈴和殿下看著對方，滿腹疑問地歪了歪頭。

然而仁卻無視他們的反應，把話題帶回最初的主旨。

「那麼，你們兩人在這裡是因為被珊朵拉僱用嗎？」

「就是那樣。至於事件的概要……聽珊朵拉解釋應該比較快吧？」

「嗯。」

鈴以眼色示意後，珊朵拉點了點頭。

「現在『煌焰之都』中，接連發生了好幾次兒童失蹤事件。」

「失蹤事件？」

仁重複了一遍，語氣中包含了感到意外的情緒。作為讓再怎麼說都是「階層支配者」的珊朵拉決定單身出動的原因，這實在不能說是什麼大事。更不用說失蹤事件在北區並不算是罕見的情況。

或許是察覺到仁的這種想法，珊朵拉搖著頭繼續說明。

「我知道你想說什麼。這十中八九是鬼種或惡魔引起的事件……我認為是某種『神隱』現象。」

「既然如此更應該交給專門機構處理，『Salamandra』也有這樣的單位吧？」

「當然。他們確實是專家，可以輕鬆解決普通的事件……然而這次的事件卻另當別論，因為他們還沒有識別出『神隱』的規則。」

這拐彎抹角的表現方式讓仁更是一頭霧水——不過，他卻在聽到「規則」兩字後倒吸了一口氣。

既然有「規則」，就代表有「遊戲」。

而講到「階層支配者」必須行動的遊戲，只有一個答案。

「難道……妳認為這是和魔王有關聯的『神隱』事件嗎？」

「嗯。雖然確實的證據不多，但我認為趁早對應是最理想的做法。」

仁點頭同意。既然可能牽涉到魔王，那麼當然不能視而不見。尤其是和魔王有關的「神隱」

事件大多具備強大的詛咒和強制力。

例如以前珮絲特舉辦的「The PIED PIPER of HAMELIN」也是模仿「神隱」傳承的遊戲之一。

仁把視線移到珮絲特身上開口發問：

「珮絲特，『哈梅爾的吹笛人』也是以『神隱』為題材的遊戲，妳有沒有什麼聯想到什麼線索呢？」

珮絲特皺起眉頭。

她思考了一會，才改為向珊朵拉提問：

「……沒有找到『契約文件』嗎？」

「沒有，反而有類似留言的東西殘留在現場。」

「留言？寫了什麼？」

珊朵拉用火焰在空中寫出殘留在現場的那三段文字。

——游手好閒。

——虛度光陰。

——一事無成。

珮絲特雖然大略看過一眼，不過也因為看不懂意思而面帶微妙表情歪了歪頭。

「……仁，這是什麼意思？」

「呃，歸納起來——就是『每天怠惰度日，沒有任何成就』的意思吧，三句都差不多。線索只有這些？」

「不，還有一個。現場牆壁上還寫著大大的『混』字。」

鈴撥了撥那頭黑髮，像是突然想到般地繼續補充：

「不過這個『混』字反而造成了瓶頸呢。其實『階層支配者』召集會好像收到了類似的挑戰書。」

「挑戰書？」

「嗯。因為內容相當粗俗所以我只講個大概，主旨似乎是宣稱要襲擊『階層支配者』。」

仁輕輕皺起眉頭。

宣稱要以『階層支配者』為目標的這份狂妄，的確會讓人聯想到魔王的存在。

「原來如此……意思就是，有可能是來自魔王的襲擊預告嗎？」

「畢竟只有魔王才會產生特地去襲擊『階層支配者』的想法嘛。」

仁雙手抱胸，兩人都點了點頭像是正在仔細分析情報。

「嗯……來整理一下已知的情報吧。」

第一，連續發生兒童失蹤事件。

第二，現場留下了寫著『游手好閒』、『虛度光陰』、『一事無成』的訊息。

第三，現場的牆壁上還寫著『混』字這個神祕的訊息。

第四，宣稱要襲擊『階層支配者』的預告上也寫著『混』字。

——以上就是全部嗎？」

「嗯。」珊朵拉點點頭。

坐在旁邊的珮絲特聽到這邊，產生了不妙的預感。理由自然不必多解釋，因為謀劃上次魔王襲擊事件的罪魁禍首正在她的眼前從容泡澡。

而講到策動這次事件的犯人首謀，也十中八九就是這兩人沒錯。

（……他們到底打著什麼主意？）

珮絲特以眼角餘光持續注視著鈴和殿下。兩人並沒有做出任何行動，只是泡在浴池裡觀察情勢發展，這肯定是因為實力差距而產生的餘裕。

問題是，即使他們如此從容但也從來不曾露出絲毫破綻。

無論是要逃走還是要戰鬥，最初採取的行動就會分出勝敗吧。然而這兩人卻完全沒有表現出可趁之機。

（……算了，要是運氣好也有可能在街上偶然遇到怪物兔子或怪胎男吧。）

珮絲特把身子沉入浴池中，對狀況決定看開一點。

換句話說她乾脆放棄了。

接著她用雙手組成水槍，開始對著仁的臉噴著熱水，同時橫著眼向珊朵拉發問：

「話說回來，那個襲擊預告真的是魔王嗎？如果打算像上次那樣各個擊破還另當別論，這次可是『階層支配者』齊聚一堂的召集會喔！該不會其實有其他目的吧？」

「其他目的？」

「對，例如這個『煌焰之都』中有貴重的恩賜和工房，還有用來展示那些的『星海石碑』。會不會表面上裝出要襲擊階層支配者的樣子，但真正的目的卻是那方面？」

或許是覺得珮絲特的提案也頗有道理，珊朵拉暫時沉默了一會。

「襲擊預告是幌子，實際上有其他目的……？不過，講到那麼貴重的東西……」

「有喔，只有一個。」

三人的視線全都集中到鈴身上。

一直保持沉默的鈴把手放在胸前，露出惹人憐愛的笑容。

「『煌焰之都』中沉眠著兩百年前被封印的魔王，而且那還不是一般的魔王。是短短三十分鐘就毀滅了『箱庭貴族』的都城，甚至可以和護法神十二天相匹敵的魔王。」

聽到這番和可愛笑容並不搭配的發言，仁和珮絲特不由自主地倒吸了口氣。

「妳說那魔王毀滅了『箱庭貴族』……難道是指黑兔的故鄉嗎！」

「而且護法神十二天不是最強的武神眾嗎？居然有能和他們匹敵的大魔王沉眠在這個都市之中，一時之間真讓人難以置信……」

兩人如此回答，並把視線移到了珊朵拉身上。

珊朵拉帶著尷尬表情稍微點了點頭。

「其……其實我也是在擔任『階層支配者』之後才第一次得知這個情報。可是父親大人說

這是最高機密所以不可以告訴任何人……為什麼鈴妳會知道這件事呢？」

「這是業界的傳聞呀。俗話不是說眾口難防嗎？這就是那一類的傳言，而且可信度也不高。畢竟講到十二天等級的魔王，絕對會是最強種嘛。即使說這種東西被封印在大都市裡面，也不會有任何人相信。」

「是這樣沒錯吧？」鈴以笑容應付珊朵拉的質疑。

聽完這些話珊朵拉原本還是一臉不安，然而她卻突然換上認真表情思考了一會兒。

「……的確，應該沒問題吧？畢竟開啟封印的鑰匙在三年前就不見了。」

「鑰匙？」

「不，沒什麼——更重要的問題是，剛剛這些話嚴禁外流。我要以支配者的權限來針對這段傳言發布言論箝制令，你們絕對不可以告訴其他人，一旦洩漏情報，要做好受到相應處罰的心理準備。尤其別是仁和殿下，必須以共同體代表的身分特別留心。」

兩人同時點了點頭。知道殿下是魔王聯盟一員的珮絲特雖然心情複雜，不過還是沒有多說什麼，只是默默地繼續用雙手組成水槍對仁咻咻噴水。

仁之前一直不在意她的行為，但鬧成這樣讓他忍不住按住了珮絲特的手。

「珮絲特，這樣好玩嗎？」

「看你一臉困擾的確很好玩。」

「我就知道。」

「唉……」仁嘆了口氣，珮絲特則趁機往他的嘴裡噴水。

……看來她真的玩得很開心。雖然珮絲特本人並沒有注意到，但每當她噴出一次水柱時，嘴角都會跟著上揚。

仁一邊咳嗽一邊站了起來，為討論做出總結。

「總之，我明白來龍去脈了。接下來先靠我們幾個去進行『神隱』的搜查，要是這樣依然無法弄清任何狀況，就要去和『Salamandra』的憲兵隊合作。這樣可以吧？」

「你說要搜查……有目標嗎？」

「嗯。啊，可是……也有可能是我弄錯了，所以如果要問我是不是絕對正確，我也沒有把握……」

仁雖然表現出似乎想到什麼的舉止，卻又像是缺乏自信般地閉上了嘴。看到他這種樣子，殿下以帶有指責的語氣開口：

「仁，這種態度我無法認同，你如此做只會徒增周圍的困擾。既然身為共同體的領導人，應該要明確地表示自己的想法。」

金色雙眼中散發出似乎在譴責仁的光芒，這是同樣具備共同體領導者身分的人才能講出的言論。

仁反省似地用力拍打自己的臉頰，要求所有人離開浴池。

「我們先出去，並依序去確認現場吧。然後明天要向蛟劉先生提出會晤的申請。」

「蛟劉……你是說蛟魔王？」

珮絲特不解地發問。

仁再度擺出還未能確定的態度而想要停止發言，然而又回想起殿下剛剛那番指責，最後抬頭挺胸地明確說道：

「我認為敵人的目標不是『階層支配者』——而是成為代理支配者的蛟劉先生。」

「……咦？」

「游手好閒、虛度光陰、一事無成……這些是中文裡的詞語，都具備『每天怠惰度日，沒有任何成就』的意思。如果假設這些是和術法無關的犯人所給出的訊息，那麼符合這些詞語的支配者只有曾經被揶揄為『乾枯漂流木』的蛟劉先生。我想這些訊息應該是想針對他接下代理支配者這事表達抗議之意吧？」

「的……的確，這推論好像很合理……！」

「哦哦～了不起了不起！仁有成為遊戲掌控者的素質呢！」

珊朵拉和鈴都露出開朗表情拍起手。

然而坐在旁邊的珮絲特卻一臉詫異地偷偷觀察著鈴的樣子。如果這是他們謀劃的事件，仁的推論應該只會造成阻礙。

（該不會是我們被什麼欺敵手法誤導了吧……？）

在魔王聯盟中，鈴是負責擔任遊戲掌控者的成員之一。珮絲特不認為她會讓遊戲出現違反她意志的發展，推論這其中還有什麼蹊蹺的想法肯定比較正確。

然而珮絲特的不安也只是白費力氣，從浴池中起身的仁決定了方針。

「蛟劉先生最快也要明天早上才會到達『煌焰之都』。在那之前我們先去其他現場看看吧，珊朵拉妳知道哪裡是現場嗎？」

表示自己當然知道的珊朵拉也站了起來，指出現場的方位。

「最初的『神隱』現場是在『星海石碑』——舉辦『造物者們的決鬥』的地區。」

＊

——「煌焰之都」煉製工房街．第八十八號工房。

踹破房門闖入的人物——盧奧斯以殺氣騰騰的模樣瞪著飛鳥和黑兔。

「你們這些『無名』……！居然還有膽子在我的面前出……」

「你竟敢踢壞後門啊啊啊啊啊啊啊啊啊——！」

話還沒講完，他就被怒火中燒的傑克給打飛了出去。看來似乎比頭骨大了兩倍以上的拳頭從側頭部給了盧奧斯一記必殺攻擊，讓他在空中轉了三圈半接著撞進了牆內。

南瓜頭整顆變得火紅的傑克豎起空洞的眼眶怒吼：

「真是的，你這個人……要說多少次你才會記住這裡是借來的地方？壞掉房門和牆上洞穴的修理費可都是要由我們支付啊！」

「請……請等一下，傑克先生！造成牆上凹洞的人是你啊！」

「Perseus」的同志們拚命地阻止傑克，黑兔和飛鳥也偷偷地表示同意。

而「Perseus」的首領——盧奧斯被人從工房牆壁中拔了出來，不顧嘴唇和鼻子都流著鮮血就直接開口吼了回去：

「好痛……你這田埂南瓜頭是搞什麼啊……！再不給我有分寸一點，我就要打爛你那顆空蕩蕩的腦袋！」（註：田埂南瓜有罵人廢物的意思。）

「你還記得自己講這種話後反遭我痛擊的次數到底有多少次嗎？雙手手指都已經不夠用了——還有，我不是田埂南瓜。我應該已經忠告過，要是你敢再那樣叫我一次，我就會把你那顆頭當成石榴，打得你腦袋開花吧？」

「來啊！你這個腐爛型田埂南瓜！」

「你說誰是發酵南瓜啊混帳！」

「請……請不要再吵了！盧奧斯大人！傑克先生！」

「Perseus」的同志們試圖勸架。這些人現在也沒有穿著騎士的鎧甲，而是綁著毛巾還戴著厚厚的手套。這模樣看起來就像是進行精煉的鐵匠。

黑兔和飛鳥看著彼此歪了歪頭，輕輕舉手發問：

「呃……好了好了，請兩位都冷靜下來吧。」

「沒錯。傑克，沒有必要為了配合低程度的傢伙而弄髒了自己的嘴巴。」

「喂！旁觀者別趁機隨便貶低我！而且追根究柢來說，區區無名為什麼會有神珍鐵和金剛鐵這類高靈格的金屬？再怎麼想都是在暴殄天物！我看迪恩肯定也是因為妳無法完全掌控才會壞掉吧！」

「你……你說什麼……！」

飛鳥的鬥志被點燃了。她恐怕沒有想像過居然會被這樣的傢伙指責自己心裡也有自覺的缺點吧。太陽穴上浮現出青筋的飛鳥以手扠腰——

「好……好吧！這張戰書，我就接下吧！」

「等……等一下，飛鳥小姐？」

「好！就讓給飛鳥小姐了！把他從頭骨到腦子全當成石榴打得開花吧！」

「怎……怎麼連傑克先生也這麼說！」

「啥～～～～～～～？區區無名居然有膽接下我的戰書？太囂張了囂張過頭了！我看妳這個垃圾女人既悲慘又陳腐又愚蠢還很荒謬可笑到了會因為自視過高而重重摔下最後自取滅亡的程度——不過我也接了！我會一口氣對付你們，給我通通到外面去這些下三濫——！」

「……總之所有人都先冷靜下來啦啊啊啊啊啊啊啊──！」

黑兔的叫聲和落雷同時轟然響起。

借用的第八十八號工房的窗戶隨著激烈的閃電而紛紛碎裂，造成的衝擊力讓蠟燭式提燈的玻璃罩也像是遭受二次、三次災害那般破碎散落。

＊

「嗚嗚……原本半毀的『模擬神格・金剛杵』這次真的要臨終了。」

垂著兔耳的黑兔低下頭啜泣。

「Underwood」的戰鬥結束後，黑兔回收了「模擬神格・金剛杵」。然而找到時卻已經因為無法承受自身放出的熱量和雷擊而呈現半毀狀態。

這是因為當時黑兔解放了帝釋天賜予的神格並作為「軍神槍・金剛杵」使用，導致武器無法負荷輸出而毀壞。

傑克對自己的不成熟表現感到有些難為情，輕輕拍了拍黑兔的肩膀。

「真……真是非常抱歉。請打起精神，黑兔小姐。只要妳願意給我一些時間，我可以負責修理。」

「真……真的嗎？」

「是，我會以同盟友情價格來承接喔♪」

聽到這些話，黑兔的表情整個亮了起來，還開心地搖著兔耳。

然而她背後龍罩在劍拔弩張空氣中的兩人卻正在以碰上仇家般的眼神互瞪著對方。雖然因為黑兔剛剛下重手介入因此現在還算安分，不過雙方態度都更為強硬，表現出不願意讓步的樣子。這氣氛根本不適合討論同盟事宜。

飛鳥嘆著氣把長髮往上撥了撥，以不屑的語氣開口：

「……最後的同盟對象居然是『Perseus』，真讓人難以置信。」

「那是我想說的話！為什麼同盟對手偏偏是區區『無名』？哼！門都沒有！跟土匪或流氓聯手還比較有建設性吧！」

「哎呀哎呀哎呀，那麼徹底敗給區區『無名』，而且還慘遭『Thousand Eyes』放逐，最後只能遷移到六位數的偉大『Perseus』到底又有什麼了不起的身分呀？」

「妳……妳給我有分寸一點……！」

以敵意相對的兩人之間噴濺出火花。然而大概是覺得這樣真的很沒有建設性吧？先放棄唇槍舌劍的人很意外的是飛鳥。

她輕輕呼了口氣，突然把視線移到黑兔身上。

「黑兔，妳不在意嗎？」

「咦？」

「我是指這次的同盟。這人做出那麼多無禮行徑，而且還打算把蕾蒂西亞賣掉，這些事情妳都不生氣嗎？」

聽到飛鳥提及的事情，讓黑兔一時語塞。飛鳥是在說以前遭受過的種種粗暴侮辱發言吧？如果回想起那些，這場同盟確實絕對不可能成立。

然而黑兔考慮之後，把視線放回盧奧斯身上。

「的確即使是人家也對這次同盟有些顧慮……不過剛才他講了讓人在意的發言，所以人家覺得，應該也不需要那麼輕易就拋下同盟的提案。」

飛鳥皺起眉頭。因為黑兔提到的事情她也感到在意。

盧奧斯之前有說過：「修理迪恩的人是我」，如果此話為真……就算無法認可同盟，或許至少該聽聽對方說法才算合乎禮儀。

「算了，既然黑兔妳這麼說那我也可以接受。不過實際上到底是怎麼一回事呢？修好迪恩的人真的是你？」

「……哼，這點小事根本輕而易舉。因為『Perseus』被授予了『奧林匹斯十二主神（The Twelve Olympians）』之一，『工匠神・赫淮斯托斯（Hephaestus）』的神格。所以附加恩惠和靈石類的冶煉都是我們的拿手絕活。」

盧奧斯帶面露輕浮笑容自吹自擂。這個態度雖然讓人莫名心頭火起，但內容卻重要到不能當作耳邊風。

黑兔雙手抱胸稍微思考了一會，才像是理解般地吐了口氣。

「……具備羽翼的商業神赫爾墨斯的護腿、可以隱形的冥府神黑帝斯頭盔、還有附加上蛇髮女妖頭顱的雅典娜女神之盾，以及殺害神靈的鐮刀——不，現在是殺害星靈的鐮刀才對呢。之前的遊戲中只有『盾』沒被拿出來使用，是因為已經奉獻給工匠神赫淮斯托斯了吧？」

——「工匠神・赫淮斯托斯」是在希臘諸神中創造出各式各樣的裝備，掌管火焰和鍛造的神靈。

祂也是擁有親手製造出「宙斯的雷霆」、「自動式三腳桌（Auto-tripod）」等各式神器的功績，在幕後支持著希臘神話的神靈。

然而一起旁聽的飛鳥完全不明所以，只能微微側著腦袋重新發問：

「呃……換句話說到底是怎麼一回事？」

「在傳承中，『帕修斯（Perseus）』前往討伐蛇髮女妖時被賜予了『頭盔』、『護腿』、『盾牌』、以及『鐮刀』四樣裝備。不過『盾牌』由於歸還給女神所以不再保有……根據傳承，那時候是讓蛇髮女妖的頭顱和盾牌融合之後才歸還，這就是『英仙座』裡盾的位置——『魔王阿爾格爾』的真面目。至於能讓蛇髮女妖的頭顱附加到盾牌上的方法，一定是由工匠神赫淮斯托斯所創造的術式吧。」

黑兔流暢地解釋「Perseus」的傳承。

盧奧斯則在她旁邊笑得很是得意。

然而飛鳥依然完全無法理解，只是歪著頭說：

「——……？呃……那個……？也就是說，意思是這個公子哥的祖先是偉人囉？」

「YES！祖先大人很了不起！」

「呀呵呵！祖先大人真的很了不起！」

「好———全都給我都到外面去！然後把真心話直接說出來看看啊！這次我和阿爾格爾真的會……」

「「「腦袋空空低劣卑鄙公子哥。」」」

「阿爾格爾———————！」

「盧奧斯大人請住手啊！在城鎮中召喚星靈的後果可不堪設想！」

身穿作業服的數名騎士一擁而上壓制住盧奧斯。

飛鳥趁這時候理解吸收「Perseus」的傳承。

「如果要簡單截出重點，就是指討伐蛇髮女妖的獎賞之一是工匠神的神格囉？」

「YES！但恐怕不是神格本身，而是獲得了專門針對附加恩惠的神格工具吧。只要有那工具，或許就能夠進行神珍鐵和金剛鐵的精煉。」

「——哼哼！那當然！只要本大爺出手，那種程度的事情根本輕而易舉……」

「盧奧斯大人，請您不要擺空架子了。要不是有傑克先生，我們根本不知道該從哪裡著手才好啊。」

男性親信像是在勸戒般地如此說道。

盧奧斯怒氣沖沖地瞪了親信一眼，但他並沒有出手只是狠狠咂舌便作罷。前途多難的同盟對手讓黑兔嘆了口氣，接著似乎突然想到了什麼而對著傑克發問：

「有件事讓人家有點在意……『Will o' wisp』和『Perseus』是什麼關係呢？雖然這樣講很沒禮貌，但雙方看起來並不能算是友好。」

「呀呵呵……這個嘛，是彼此之間有點借貸往來的關係喔。我以前可能也有提過，我等『Will o' wisp』曾經受到『馬克士威魔王』的多次襲擊……」

「YES，這件事人家有聽說過，那是在五位數也屬於最上級的魔王——」

「不，那已經是以前的情報了。」

「咦？」黑兔發出變調的叫聲並把兔耳往旁邊倒。

傑克以帶著緊張的語氣繼續說明。

「那傢伙已經不是五位數了。在我們前往『Underwood』的期間——據說『馬克士威魔王』已經升上了四位數。」

「四……四位數！」

黑兔驚訝反問。旁邊的飛鳥也瞇起眼睛，眼中浮現出認真神色。

在箱庭都市中，通常是把七位數、六位數稱為下層；五位數為中層；而一～四位數則是上層。雖然五位數被放在中層的位置上，然而一般公認中層和上層的實力差距可說是天差地別。即使是五位數最上級的魔王，也不可能輕易升格為四位數。

如果是像「階層支配者」那樣有最強種作為後盾的情況還能另當別論，獨自升格可說是非常罕見的例子。

黑兔倒著兔耳開口說道：

「四位數嗎……能獨自成為那等級，可以說已經不比最強種遜色了……可是『階層支配者』以外的人物能升上四位數，應該是建立了非常龐大的功績吧？或者是因為——」

——成為了甚至足以引起「歷史轉換期」的重要靈格嗎？黑兔原本想這樣說，卻又閉上了嘴。再怎麼說這個推測都太偏離現實了。

雖然這只不過是推測，但「馬克士威魔王」恐怕是從物理學、熱力學的思考實驗中誕生出來的惡魔——「馬克士威妖（Maxwell's demon）」應該才是他正式的名稱。

這個虛構的惡魔誕生於一八六〇年代，也就是十九世紀的事情。

然而箱庭都市內的普遍論點都認為，規模龐大到足以侵入上層的「歷史轉換期」的發生高峰期是到十七世紀前後為止。

此後的歷史中，尤其是十九世紀以降各式各樣的可能性都經歷廣泛多變的分割，讓可能性變得難以聚合終結。到了二〇〇〇年代，能夠誕生出神靈或惡魔的聚合點幾乎可以說是完全消

失，即使偶爾出現頂多也只是都市傳說那種規模吧。能製造出眾多恩惠和靈格的「歷史轉換期」已經被強大的眾神扎下了名為「信仰」的深根並予以獨占，這就是現今的世間情勢。

——這裡就來舉個例子吧。

「帕修斯（Perseus）」是西元前留下的希臘神話中所記載的騎士。如果「帕修斯」的靈格劣化，有可能會造成希臘神話對後世編年史的影響大幅減少，最糟的情況甚至連消滅都是有機會發生的結果。

然而由於希臘神話對後世帶來的影響成為涵蓋哲學、宗教、國政等大規模「歷史轉換期」之牽絆，因此他們會以某種形式在所有的時間軸線上浮現，不分有無實際記載還是寓言故事。

也因此，面對靠信仰成為神靈者，無法用半吊子的方法奪取其性命。這是因為既然神靈是星之編年史，其靈格就能靠著試圖維持編年史的強制力而復活。

想要殺死神靈，必須準備依循編年史的打倒手段——或是要使出能以一擊來徹底毀滅人類歷史的大規模超級破壞能力，只有這兩種選擇。

如果星靈是職掌質量、空間相關靈格的最強種——

那麼神靈就是支配時代、概念相關靈格的最強種。

（不過，其中也有像西遊記那樣外流到箱庭外的文獻。如果想要利用「歷史轉換期」來獲得巨大靈格，除了奪取神明地位以外別無其他方法。像黑死病（珮絲特）那樣的不規則範例也不可能動不動就隨便出現——）

「黑兔小姐，我知道妳在想像什麼，但是那傢伙是個無法用常識尺度來衡量的惡魔。」

「您這話的意思是？」

黑兔停止思考歪著兔耳聆聽。

傑克那空洞的眼眶中浮現出憂鬱的神色。

「雖然這是令人難以置信的事實……但『馬克士威魔王』似乎是在二一二〇年代以後才引發了『歷史轉換期』。」

「您……您說二一二〇年嗎！」

這情報讓黑兔大吃一驚用力豎直兔耳。

「請……請等一下！人家沒有聽說過那樣的聚合點呀！如果是那麼長壽的編年史，文明等級應該可以和神話時代相匹敵！在那樣的時代裡不可能存在著能讓平行世界發生聚合終結的現象！就算有，也只能是人類的次世代……」

「不，真的有。在見識到那傢伙發揮的十足力量之前，我本身也是半信半疑……然而一旦目睹就只能接受事實。那傢伙已經是和最強種相比也毫不遜色的魔王了。」

傑克的南瓜頭空洞中浮現出焦躁的神色，而且從其中無法察覺出任何說謊的痕跡。

清楚傑克實力的飛鳥也以帶著緊張的表情嘆了口氣。

「……這樣啊，所以你們才會和『Perseus』一起行動嗎？雖然他是個還不成熟的公子哥，不過卻擁有能掌控星靈的力量。」

「喂！妳說誰不成熟！」

「正是如此。」

「你也否定一下啊！我們應該是同盟關係吧！」

飛鳥和傑克對著彼此點頭。盧奧斯好像有大叫，不過他們故意裝作沒聽到。

——「Perseus」能夠驅使星靈・阿爾格爾。

即使阿爾格爾曾經被十六夜擊倒，然而其力量還是只能以「極為龐大」來形容。如果能借用這份力量，即使多少有些不滿，自然也願意忍受。

「……好吧，既然背後有這些隱情，那麼我也可以考慮同盟。」

「真的嗎，飛鳥小姐？」

「嗯——不過……」

下一瞬間，飛鳥眼中出現燃燒般的怒氣。

「前提就是『Perseus』的首領必須為了過去的無理行徑向『No Name』致歉。」

「你說什麼！為什麼我必須做那種事情！」

「那麼這件事就到此為止，我會去尋找其他可結盟的共同體。」

「再見～」飛鳥揮手，盧奧斯立刻閉上了嘴。

看到他這副模樣，飛鳥像是獲得確信般地在內心竊笑。

（果然似乎有什麼內幕呢。）

從盧奧斯這人的個性來判斷，首先這絕對不可能是無償的同盟。

既然「馬克士威魔王」是四位數魔王那就更不用說了，要是沒有足以和這風險相抵的報酬，他絕不可能會接受。

而且看在飛鳥眼中，兩個共同體的關係似乎是傑克他們掌握了盧奧斯的韁繩。想必「Perseus」應該能獲得相當龐大的回報吧。

飛鳥掌握這個弱點，以更高壓的姿態表示。

「好啦，你打算怎麼做？對『No Name』的無禮行徑……對了，首先就麻煩你從『向黑兔和蕾蒂西亞低頭致歉』開始吧。」

飛鳥以優雅的動作撥著頭髮，並對盧奧斯發言挑釁。如果是她認識的盧奧斯，應該早就氣憤填膺地站了起來。

然而令人很意外的是，盧奧斯居然抑制著自己的怒氣，以發抖的聲音說道：

「……可……可以啊，我就接受這條件吧。」

「哎呀真意外，看來共同體沒落後你也變得稍微謙虛一點了呢。那就立刻——」

「不過，我也要提出條件！」

看到盧奧斯帶著挑戰的氣勢，飛鳥也坐正姿勢應對。

「你還挺強硬呢，你們有立場說那種話嗎？」

「沒錯！只有這件事我要明講！同盟共同體之間如果利害無法一致就沒有意義！要是不答應讓我測試你們『無名』是否具備值得締結同盟的實力，一切根本免談！」

依舊怒氣沖沖的盧奧斯站了起來發洩般地滔滔講了一大串話，接著指向迪恩。

「——我要妳使用包括迪恩在內的三個裝備，在『造物主們的決鬥』中獲得優勝。要是辦不到——這三樣裝備就全部歸我所有！」

——箱庭二一〇五三八〇外門，「境界門」前的廣場。

發出琥珀色啟動光芒的「境界門」打開了。

在擁有廣大土地的箱庭都市中，賜給外門的這個恩賜是唯一的移動手段。也因此「地域支配者」和「階層支配者」雙方都各自保護著這個設備。

這一天，身為東區「階層支配者」代理人的蛟劉也為了確認「境界門」是否有安全啟動而來到此地。

蛟劉帶著隨侍的女性店員，以似乎很疲勞的態度垂下肩膀。

「這……這道外門總算是最後一個了。一星期內居然要巡視五千個地方，妳不覺得太辛苦了嗎？」

「您在說什麼呀，蛟劉大人！因為白夜叉大人退位，過去潛伏躲藏起來的惡鬼羅剎們一口氣開始頻繁活動！實際上光是這一星期以內，您想想我們就已經四處去打倒了多少惡人和惡鬼呢——」

聽到蛟劉抱怨，女性店員絮絮叨叨地說教。的確正如她所說，蛟劉就任成為支配者之後立刻發生了許多事件。

持有墮落為瘟神的「韋馱天」一隻手臂的盜賊團。

在鄉下的農村共同體出沒的「天花惡靈」。

最後甚至連「皰瘡之神威」都獲得神格前來發動攻擊。（※註：皰瘡即為天花，神威是愛努語中對高等神祇的稱呼。）

……雖然不知道背後是否有什麼因果，然而他們全都是被稱為「瘟神」的神靈。雖然說是神靈，但除了「韋馱天」以外，其他都是民間傳說等級且沒什麼力量的神靈。擁有靈格大約是惡靈獲得神格後成為自然神的程度，應該和白雪姬差不多吧。

對於過去以「覆海大聖」蛟魔王這身分受眾人畏懼的蛟劉來說，全都是些微不足道的烏合之眾。然而像這樣連續受到這麼多次襲擊，終究會在精神面累積了不少疲勞。

蛟劉把頭髮往後撥，咧嘴露出可疑笑容。

「總而言之，今天的巡視結束了。接下來我可以悠哉地喝個茶……」

「還不行。接下來要請您確認『境界門』使用費如何分配的資料，如果沒有問題請予以許可。這件工作結束後接著是神殿建設事宜；還有關於升格為六位數的申請也要請您批准。這些都完成後，接下來要請您開始著手製作升格考驗用的遊戲……」

「等……等一下！我明天開始就要去火龍那邊開召集會耶！哪有時間去完成這麼多的職

務……」

「沒問題，從現在開始就要請您不眠不休地持續工作，只要減少自由時間和睡眠時間還有用餐時間，預定明天早上可以到達終點。」

「嗚喔喔喔？那種狀態下要我怎麼參加召集會啊！」

「您開什麼玩笑，是否能參加召集會這種事情沒有任何議論的餘地，就算您不願意也得請您參加。」

女性店員回以嚴厲的視線。對她來說蛟劉是主人的代理人，應該是認為若蛟劉工作不力，就會傷害到白夜叉的名譽吧。

「而且，白夜叉大人以前幾乎每天都有確實完成這種程度的職務。如果因為換成新的支配者就怠忽職守，會有損『Thousand Eyes』的名聲。」

「嗚嗚……」蛟劉無言以對。這是他最嚴重的錯誤預估。

雖然白夜叉總是被人認為整天都只會玩樂，然而實際上她卻完美地完成了所有身為「階層支配者」必須負責的工作。只是做完之後時間依然有剩，所以能夠玩樂而已。

聽到這些蛟劉更是沒有立場反駁，只能像是精疲力盡般地抬頭望天。

「……白夜王那傢伙到底有多勤奮啊。」

「至少在您之上。算了，只要過了三個月之後應該就能習慣工作吧。所以我會以三個月為基準，來逐步增加工作量。」

「會……會比現在還多嗎？」

「是，會比現在還多。」

如此宣告的女性店員甚至連笑一下都不肯，蛟劉只能垂頭喪氣地放空力氣。

——在那之後，兩人通過噴水廣場來到自由區域的街上。只見幾個月前那種冷清的氣氛已經消失，現在空氣中開始充滿活力。

只要出現嶄露頭角的共同體，所屬的外門就會成為話題。「No Name」打倒兩名魔王的事蹟應該也化為正面影響，開始在附近地域發揮出成效了吧。外門前的噴水廣場現在已經成為形形色色種族前來行商並舉辦遊戲的地方。

兩人在充滿活力的街道上大搖大擺前進並觀察四周。

這時，另一端的街道出現了一位熟悉的金髮女僕——蕾蒂西亞的身影。

對方似乎也已經注意到蛟劉，靜靜地以注目禮打招呼。

「這不是東區的代理支配者大人嗎？很抱歉很久沒有向您問候。」

「喂喂，何必那麼見外啊？被老相識這樣對待真讓人難過。妳可以照平常那樣就好了，蕾蒂西亞。」

「嘻嘻，那麼我就照辦吧——好久不見了，蛟劉兄。雖然我一直在想應該要去找你打聲招呼，不過卻拖延了這麼長一段時間。」

「沒關係啦。比起這事，我的『眼睛』怎麼樣了？現在還是裝飾在臺座上嗎？」

蛟劉不經意地帶著可疑笑容發問。

然而蕾蒂西亞的表情卻隨即染上陰影。

「……真抱歉，蛟劉兄你贈送的『眼睛』——『水珠』已經不在我等的手中。三年前就被魔王奪走了。」

蕾蒂西亞很憂鬱地道歉。

——在十六夜等人被召喚來箱庭之前，水源的臺座上安放著由「龍之眼」加工而成的水珠。至於被當成水源的這顆水珠，原本是蛟劉的眼睛。

察覺出內情的蛟劉並沒有表現出憤怒的反應，而是隨便聳了聳肩。

「嗯～果然是那樣嗎。算了既然已經被奪走那也沒辦法，而且那是我送給孔明和金絲雀的東西，所以妳不必在意。」

「能聽到你這麼說真是太好了。畢竟也有可能被拿到市場上販賣，要是能找到我預定會立刻歸還。」

「不，我並不需要喔。就算妳拿來還我，我現在也已經在使用別的眼睛了。」

蛟劉用大拇指壓著眼罩聳聳肩。

這出乎意料的發言讓蕾蒂西亞大吃一驚，但她很快就感到理解。

「那麼……現在是在單眼的痕跡中裝上了新的義眼？」

「不，這玩意兒有點故事。其實是——」

「蛟劉大人，差不多該行動了，否則時間會來不及……」

這時女性店員開口打斷了他們的對話。蛟劉慌忙中斷話題，最後再提了一個疑問。

「對……對了！那個少年——十六夜和小姑娘們好嗎？」

「嗯，我想今天也過得很好吧。因為他們先出發去參加召集會了，現在應該在『煌焰之都』裡四處玩樂吧。」

蕾蒂西亞這麼說完，就往「境界門」的方向離開了。

蛟劉目送著她的背影遠去，眼中突然浮現出察覺到危險的色彩。

（是嗎……那些孩子也去參加召集會了嗎？）

他低聲喃喃自語，抬頭仰望晴天。

——蛟劉把在「Underwood」採集到的十六夜血液交給「拉普拉斯惡魔」，委託對方確認血液的構成要素。

他們雖然停止了身為支配者的活動，不過目前仍在進行其他的活動。蛟劉相信如果是被稱為全知惡魔的他們，應該可以從十六夜的血液來推測出他的身分，所以才會提出委託。而且也已經收到聯絡，告知將在這場召集會時交付這份鑑定結果。

如果十六夜和「齊天大聖」孫悟空一樣是半星靈——

「……這下應該要早點過去比較保險嗎？」

「呃？」

「抱歉，幫我調整一下日程吧，無論如何我都想在今天之內去參加召集會。」

「咦咦？」女性店員發出變了調的叫聲。

然而明白蛟劉並非說笑之後，她惡狠狠地瞪著日程表。

「……如果是因為有什麼別無他解的緊急理由，那好吧。只要使用最後的絕招就有可能辦到。」

「真的嗎？」

「是的，不過——」

女性店員的嘴角抽動著。

「——前提是您要先做好見血的心理準備。」

「…………」

單眼支配者的眼眶中泛出淚水。

在回到「Thousand Eyes」分店的路上，他深切感受到即將承受繁重職務的預感。

——箱庭五四五四五外門舞台區域，「星海石碑」展示迴廊入口。

「——所以說，你們到底在打什麼主意，鈴？」

「耶？」

在露天咖啡座的角落，正在用黃金薯餡餅塞滿小小臉頰的鈴因為這突然的質問而停下了手上的動作。原本打算討論嚴肅話題的珮絲特只能像是洩了氣般地嘆息。

珮絲特和鈴兩個人現在和仁他們分頭行動。

仁、珊朵拉、殿下三人去確認展示迴廊內的現場，至於珮絲特和鈴則留在入口待機。

然而這樣實在很閒，所以她們跑去品嚐「Salamandra」的名產黃金薯餡餅。雖然珮絲特無法確定鈴他們到底有幾分認真，但還是再度鼓起幹勁發問：

「我知道你們來這個城鎮的目的，可是你們還想演這場鬧劇演多久？這就是我的問題。」

「哦哦！真是有意思的發言呢。原來珮絲特妳知道我們的目的呀。」

「真讓人驚訝～好意外喔～！」鈴帶著微笑說道。

這種故意慢了一兩拍的說話方式，是這個少女的會話技巧。為了避免被她模糊焦點，珮絲特繼續提出更深入一步的問題。

「我把話先說在前面，『No Name』所有成員都在前來這個展示迴廊的途中。只要能和其中任何一人會合，要順利從你們手中逃脫也並非不可能的事情。那樣一來對『階層支配者』的奇襲行動也會失敗，你們的下場就是會再度遭到擊退。」

珮絲特悠然露出綽有餘裕的笑容。

──當然她這番話只是虛張聲勢，珮絲特只是想讓鈴多少產生一些動搖。不過她現在還不知道這些話將會是弄假成真。

鈴表現出思考了一會的反應，才淘氣地笑了。

「是呀，那樣一來計畫就到此結束了。」

「對吧？所以妳最好趁現在……」

「嗯，只能趁現在把妳殺了。」

──咻！銳利的小刀掃過珮絲特的脖子。

力量控制極為巧妙，只輕輕沿著頸動脈的薄皮一劃而過。

雖然事先已經做好警戒，但這剎那間的拔刀動作卻讓珮絲特甚至完全反應不過來。直到傳來刺痛感之後，珮絲特才察覺掃過自己脖子的東西是鈴的小刀。

這個絕技讓珮絲特表情僵硬，臉色也一片慘白。

鈴若無其事地收起瞬間散發出的殺氣，再度淘氣地笑了。

「哎呀，剛剛是開個小玩笑而已喔。我只是想鬧鬧妳。珮絲特妳不適合交涉，所以不可以勉強亂來。更不用說情報面的關鍵優勢並不是該拿來炫耀的條件，必須要先安排整合出最佳狀況之後才能一口氣使出。所以即使像剛剛那樣拿出來誇示也不會得到什麼效果……不過算了，那應該是假情報吧。」

「嗚……！」

事態演變至今，珮絲特的焦躁感也來到了臨界點。

原本她已經做好心理準備，最糟的結果就是要把周遭也牽扯進來打一場亂戰，但實際上卻完全不是這麼一回事。那可是比下策更糟的下下策。她一直以為自己對這個純真少女的評價已經比任何人都高，然而對方的實力卻更在評價之上。

（……她的等級遠高於我，無論是實戰還是舌戰……！）

這是一條死路。明明殿下離開的現在是唯一的機會，珮絲特卻無法找出活路。

看到珮絲特緊張到了極點，鈴露出無防備的笑容搖了搖頭。

「真是的～妳稍微放鬆一點啦。至少現在的我並不打算殺掉妳、珊朵拉，還有仁。反而該說是相反。」

「……相反？」

珮絲特瞇起眼睛，不解地稍微側著腦袋。

鈴眼中浮現出略顯認真的色彩，嫣然一笑。

「我呀，希望你們三人都可以成為我方共同體的人才喔。」

「呃……啥？」

珮絲特驚訝得發出了變了調的叫聲。再怎麼說她實在也不會聯想到這個點子，畢竟有誰能夠想像到敵方的主將和親信居然會出面挖角。

然而誤以為這反應代表有機會挖角成功的鈴「唰！」地把身體往前探，把臉湊到距離珮絲特鼻尖只不到十公分的位置。

「待遇當然都可以談！珮絲特過去的失敗是既往不咎，而且會給妳『哈梅爾的吹笛人』以外的恩賜！因為珮絲特妳也可以配合魔女狩獵的編年史，所以我認為妳和奧拉小姐應該非常契合才對～或者是如果妳願意把『巴羅爾之死眼』的另一塊碎片也還給我們，那麼也能夠同樣以黑死病魔王的身分顯現——」

「等……等一下！妳居然在大庭廣眾之下講這種話，是在想什麼啊！」

珮絲特來回看著和露天咖啡座之間的人群，慌慌張張地塞住了鈴的嘴。就是因為這少女會認真講出這些話所以才顯得惡劣。然而鈴卻依然一臉若無其事的表情。

「沒問題啦，因為我已經讓我們的說話聲不會外傳到周遭了。」

「……妳說什麼？」

「妳要試著叫叫看嗎？反正不會被任何人聽到也傳不出去。」

鈴以樂觀的語氣來講出非常誇張的發言。然而珮絲特早該注意到這一點了，只要略作思考，就能明白靠鈴的力量這是易如反掌的事。

珮絲特聽說過，鈴擁有的恩賜——被稱為「Achilles High」的神祕恩惠是一種能支配概念性「距離」的空間操作系恩賜。

然而除此之外，無論是使用條件、效果範圍，甚至連正式名稱都一概不明。

只有這恩賜確確實實是一個「無敵」的恩惠，是珮絲特唯一能確定的情報。在她所知的範圍內，能擊破這個恩賜的方法僅僅只有兩個。

只要鈴使用這個恩賜構築起和周圍的「距離之壁」，要隔離聲音根本是輕而易舉。不，不只是這樣，甚至連自行逃走或麻煩他人救出都不可能實現吧。

（……換句話說，從一開始就不可能把周遭也牽扯進來並造成亂戰嗎？）

這份周到細心也是這名少女的恐怖之處。

再加上以目前的「No Name」來看，甚至連想把鈴逼上絕境恐怕也辦不到吧。要說是否還有其他可能性，大概只能去賭賭看十六夜到底可以多誇張。

真的演變成很棘手的情況了。珮絲特打心底感到頭痛。

「總之……不好意思，我已經沒打算和你們聯手了。而且畢竟我的所有者是仁，你們該先

去說服那邊。」

「啊～是嗎……只要得到仁的話，珮絲特也會一起附上嗎？這樣好像真的很划算。」

鈴喃喃回應的口氣就像是在形容什麼零食附加的玩具。

這讓珮絲特有點火大，但為了避免無意義的口舌之爭所以刻意選擇了沉默。

「不過那是另外一回事，我也想確認珮絲特妳本身的想法。妳對現在的主從關係沒有什麼不滿嗎？」

「其實……也不是真的沒有，但並非嚴重到讓我想單方面結束關係的程度。」

珮絲特回以真實不虛的答案，這確確實實是她的真心話。

「No Name」雖然處於下層，卻是個讓人能感覺到「可能性」的共同體。擁有各自具備不同才能，力量起碼足以和魔王對戰的少數精銳。

只要能取得聯盟旗，即使想在不遠的將來升上五位數，應該也不是夢想吧。

然而鈴卻瞇起眼睛。

「……真的嗎？不過我認為他的能力並不足以實現珮絲特妳的目的喔。」

「嗚……那是……！」

這句話彷彿沿著內心破綻直接攻入了核心。雖然珮絲特因為鈴先前的幼稚舉止而一時鬆懈，然而鈴卻沒有放過這個漏洞。在舌戰方面，這名少女也擁有必殺必中的犀利。

鈴的發言深深刺進珮絲特的心中，甚至讓珮絲特產生一種錯覺，認為鈴和她閒聊至此就只是為了要用這句話來狠狠攻擊。

「…………」

——如果想要實現願望，名為仁．拉塞爾的少年的確能力不足。

這點珮絲特本身比任何人都有自覺。

鈴是在指責，無論「No Name」的同志們有多麼優秀，最關鍵的主人仁本身的器量卻還不成熟。如果是其他的平凡野心那還另當別論，然而珮絲特的願望——卻是甚至有可能必須和純粹神佛為敵的宏願。

如果老實坦白內心想法……仁．拉塞爾說不定會廢除契約，封印珮絲特。因為抱著這種不安，所以珮絲特並沒有把目的告訴「No Name」眾人。

鈴精準看穿了珮絲特那不安的真心。

她露出宛如花朵綻放的甜美笑容，將兩手放到胸前交握。

「不過，我們不一樣。雖然上次被仁他們的共同體占了上風，但這次的作戰是更大的遊戲。如果能夠順利執行……說不定真的能夠顛覆箱庭世界本身。」

鈴用手按住胸口，以充滿自信的眼神望著珮絲特。

對珮絲特來說，這堅強的意志和眼神顯得很耀眼。看到她以組織高層的身分來抱持著明確目的，而且還強勢引導同志前進的模樣，讓珮絲特的內心不由得有些動搖。

「可是……我的所有權在仁……」

「那種問題只要連仁也一起強行綁走不就解決了嗎？」

「什……！」

「我常常和奧拉小姐還有格爺商量，總覺得我們的殿下應該也需要找個和他年齡差不多的男孩子當朋友。仁的話，不但頭腦還算靈活，而且似乎也能幫忙彌補殿下欠缺的一般常識。最重要的是——我們這邊可以準備許多適合『精靈使役者』的魔王。畢竟那份力量，原本就是要待在我們這邊才能發揮出真正價值的恩賜呀。」

鈴以很愉快的態度說著。

的確仁的力量是專門用來使喚、封印魔王的恩賜，無論是稀少度還是本身知名度也都不低。即使在這個修羅神佛橫行的箱庭裡，也可以稱為最特異的恩賜之一。

據說「精靈使役者」是位處箱庭四位數的「所羅門靈王」因為封印了七十二名魔王的功績而獲得授予的恩賜。

七十二名這個數字，在單獨打倒魔王中的紀錄中是排名第二的偉業。

至於仁．拉塞爾的一族，是通過了「所羅門靈王」為了分贈恩賜而準備的考驗之一——「天方夜譚（Arabian Nights）」的家系。

知道這件事的鈴，正確地找出了還不成熟的仁．拉塞爾的價值。

「『所羅門靈王』準備的考驗已經全部都被達成，目前沒有剩下。這樣一來，以後要取得這個恩賜，只能由哪個人去打倒七十二名魔王。所以無論如何我們都想要獲得仁的恩賜——就算多少必須使用到一些強硬手段也在所不惜。」

「……嗚！」

鈴年幼的雙眼中出現銳利的光芒，然而這氣氛也只維持了一瞬。

她突然從露天咖啡座起身，離開座位。

「總而言之，今天的挖角活動就到此為止吧，我想珮絲特妳應該也需要一點時間。我要先告辭了，所以只有今天殿下要麻煩妳囉。」

「等……等一下！」

「我才不等♪不過，我還會再來挖角喔，因為我認為這是對彼此都有利的事情。啊，不過，只有殿下的真實身分要繼續保密——這也是為了彼此好。」

鈴踩著舞步一轉身揚起裙襬，接著消失在人群之中。露天咖啡座裡的對面座位上，只有一個還沒喝完的茶杯被孤獨地留下。

宛如風暴降臨的少女肆無忌憚地大鬧一陣後就擅自消失了。

（……要我回到魔王聯盟嗎……）

珮絲特緊握著不安，把手輕放到胸前。

她是統領黑死病死者的靈群……八〇〇〇萬怨懟的代表。

也是為了讓抱憾而死的眾人得以實現大願，才會有她的存在。

那麼，自己該如何決定呢？

找不出答案的少女只能孤獨地呆然佇立著。

（我到底……該怎麼辦才好——？）

＊

——「煌焰之都」北區商業街，主要道路。

十六夜追著「混」字人物，隨心所欲地在民家屋頂上奔馳。

他造成的殘像一步就從人群頭上飛越而過，眨眼間衝向後方小巷往前疾馳，輕鬆地超越了先繞過來這邊的憲兵隊。

來到商業街的路人們也因為突然的追捕戲碼而驚叫。

「嗚哦哦？剛剛是怎麼了？」

「好像有個人影從頭上經過？」

「既然憲兵隊在追趕，表示那是傳言中的『神隱』犯人嗎？」

突然吹過商業街的一陣強風讓人群起了騷動。然而他們只能看見十六夜，看不到「混」字人物。

憲兵隊雖然也跟著追了上來，但面對看不見的對手也無法展開包圍網，只是一發現十六夜的背影就跟著跑往同一方向而已。

（至少要是曼德拉那傢伙可以展開包圍網的話就輕鬆多了……）

問題是面對看不見的犯人，這點也很難辦到。更何況對方擁有可以和十六夜賽跑的迅速腳程，雖說是三流，但也不愧是個魔王。

即使如此，只要十六夜使出全力奔跑應該就能夠追上。

問題是，如果十六夜在這種立足點不是很穩定的地方以全力往下踩，民房或許會因為反作用力而整個飛出去。他曾經試著把高樓當成立足點全力跳躍，當時那棟建築物也是很簡單地就崩塌了。

箱庭都市的建築物幾乎都施加著自衛用的恩賜因此基本上結構相當堅固，不過縱然如此，一旦要使出全力那麼情況可就不一樣了。

（話雖這麼說，畢竟也不能繼續像這樣沒完沒了地追下去啊。）

雖說十六夜一開始的興致頗為高昂，然而這份感覺也已經減退了。

本來他還以為這會是一場運用「虛度光陰」那類恩賜的追捕戲碼，結果有趣的情況只發生過那一次，之後只剩下無法使出全力的抓鬼遊戲。

從十六夜討厭無聊的個性來看，這個狀況只能說是索然無味。

雖然他也想過要不要把建築物踢出去造成散彈……不過這招以前已經對黑兔用過，再來一次實在太無趣了。這樣一來剩下的選項就是——

（沒辦法，事後再向曼德拉道歉吧。）

十六夜先合起雙掌表示歉意，接著在持續前進的雙腳上灌注了力量。

要是全力奔馳，被踩在腳下的建築物或道路會崩壞，這點完全無法避免。

不過如果是全力的跳躍——即使是最糟的情況，也只會破壞一個地方就能了事。

儘管這已經是十分嚴重的損害，然而要是能藉此抓到「神隱」的犯人，就成了輕微的犧牲，想必被害者一定也能夠接受。

另一方面，混世魔王完全不知道十六夜已經做好這種極其危險的心理準備，正在汗如雨下地專心逃跑。他在巷弄牆壁和路樹上來回跳躍，甚至連吊著蠟燭式提燈的線路都被他當作立足點。這敏捷輕快的動作，具備了連雜耍藝人也會自嘆不如的技藝。

然而正因為他是個高手，所以比任何人都能正確理解追趕者到底有多超脫常理。

（不合理啊！太不合理了！那個死小鬼實在有夠誇張！再這樣下去，根本就不是說什麼要和蛟劉那混帳戰鬥的時候了！）

比起可恨的仇敵，自己的性命更重要。混世魔王甩著背上的「混」文字四處奔逃。

為了襲擊「覆海大聖」蛟魔王而來到了「煌焰之都」的他，其實背後藏著一段血淚史。

——到底有誰知道呢？在記述了眾多魔王的西遊記裡，這個混世魔王正是率先上場的先鋒。也是建立許多武勳的「齊天大聖」孫悟空以破竹之勢鳴鑼進擊之後的第一個被害者。

（混帳……！聽說蛟劉那傢伙坐上支配者的位子，所以我才來到城鎮中……結果卻是個大凶之日！）

混世魔王抓著蠟燭式提燈的線路懸掛在半空中，接著利用反作用力一口氣跳躍。

在空中轉身的他以眼角餘光捕捉到十六夜的身影。

（……沒辦法，雖然不甘心在蛟劉那傢伙出現之前就動手——）

這時，混世魔王的氣勢突然有了戲劇性的轉變。

十六夜也察覺到這一點，對於自己的失誤火大地咂舌。

隱藏在「混」文字下的靈格開始膨脹，讓商店街大道刮起一陣不吉利的風。

（「主辦者權限」……！）

只有具備力量的修羅神佛，才有權擁有的遊戲強制主辦權。

若是平常，十六夜會興致勃勃地去挑戰，但今天的情況卻不適合。

現在「Will o' wisp」應該正在把新恩賜交給飛鳥。如果是官方的恩賜遊戲那還可以另當別論，但十六夜想避免必須直接上陣與魔王戰鬥的情況。

他用力踏下由磚塊鋪成的道路，讓地面發出嘎吱聲。

「怎能讓你得逞！」

接著他跳起使空氣振動，甚至還追過了造成的聲響。

這一腳讓鋪地的磚塊被破壞，瓦礫噴得到處都是。

十六夜把手伸向「混」字人物的背部，在指尖快要碰到的那一剎那——後方傳來曼德拉的叫聲。

「後面！快避開！」

十六夜猛然察覺來自背面的威脅，然而這個反應卻晚了致命性的一步。

他才剛一回頭——酷寒的暴風就襲擊了炎熱的街道。

（什麼——！）

酷寒之風席捲整個商業街恣意破壞，甚至連蠟燭式提燈的篝火都因此凍結。十六夜把跳躍時捲起的瓦礫當成踏腳處，試圖閃避從背後逼近的威脅。

然而他僅僅晚了一拍。

彷彿早就算準了十六夜跳躍的時機，這襲擊使出時甚至連零點幾秒的誤差都未曾發生，是極為巧妙的一擊。

「嗚……！」

酷寒之風刮起暴風襲擊十六夜。

被冷氣研磨得相當銳利的建築物碎片化為冰尖刺來襲，雖然如同利刃的冰碎片可以用雙手打落，然而十六夜卻無法防禦足以讓大氣結凍的冷氣。

皮膚直接接觸到酷寒冷氣後，十六夜的表皮稍微產生了龜裂。

被酷寒之風攻擊而落下的十六夜在空中調整好姿勢並撞上攤販的帳篷，藉此緩和衝擊。他唯一估計錯誤的事情，就是那間攤販是間水果攤。

全身被果汁弄濕的十六夜以不高興的表情站起，狠狠咂舌。

「……可惡，雖然已經習慣被水淋濕，但被果汁淋濕還真是不舒服。」

他拿起一顆碎掉的蘋果直接咬下。

蘋果冰冰涼涼相當好吃，反而讓他更是滿肚子火。

攤販的老闆楞楞地望著坍塌的店舖和十六夜。這時，總算也來到現場的曼德拉大吼著衝了過來。

「喂！沒事嗎！」

「嗯。不過抱歉啊，獨斷行動還讓對方跑了，這下真的找不出話辯解。」

「這事不必在意。反正我們根本看不到犯人，結果也會一樣……倒是那傢伙跑往哪個方向去了？我們必須立刻提出警戒勸告。」

「關於這點也很抱歉，我完全看丟了。」

十六夜尷尬地回應。曼德拉也沒有打算責備他，只是默默地承受苦果。

「……是嗎？不過既然事情演變至此，無論你願不願意都得繼續配合我們。」

「那是無所謂，反正有仇不報也不合我的個性。只是有件更重要的事——」

十六夜抬起頭瞪著上空。

比起混世魔王，他反而更在意那陣酷寒之風。

在別無其他更好選擇的最佳時機使出的那一擊絕非出自一般人之手，那是成功逮住十六夜瞬間破綻的高明攻擊。

在無防備的情況下遭受背後攻擊的十六夜因為受辱而擺出扭曲表情。

然而比起感到屈辱，他腦中浮現出更多的疑問。

（一開始就有複數犯人嗎……？然而完全沒有那種跡象啊。而且追根究柢來說，如果有複數犯人，那傢伙應該不會因為焦躁而試圖使用「主辦者權限」才對。）

那麼，攻擊者到底是誰呢？

既不是憲兵隊，也不是混世魔王的同伴。

難道真的是有個未知的第三勢力突然出現並襲擊十六夜嗎？或者那其實是為了救出混世魔王的行動？

而且最大的疑問，是消失的混世魔王。

（如果那不是我的錯覺……看起來混世魔王的身影是和那道冷氣一起消失——）

——沒錯，是「消失」。

為了避免對方逃脫，即使受到突襲，十六夜仍然把混世魔王掌握在視野範圍之內。然而他卻像是薄霧一般突然消失無蹤。

那種現象看起來正像是碰上了「神隱」。

「『神隱』的犯人遭到『神隱』嗎……感覺還會再掀起一場風波呢。」

「你說什麼？」

「我想說的可多了。趕快告訴珊朵拉，敵人是『神隱』魔王，而且恐怕是只有小孩子才能看見的魔王。」

十六夜這麼一說，不知為何曼德拉卻慘白著臉倒吸了一口氣。

「你……你說只有小孩子看得見？」

「嗯，名字是混世魔王。真面目應該是寄宿於小孩子放縱心的鬼怪或惡魔——不，總之詳細情形之後再說明。最適合對付這魔王的人選就只有你妹妹，現在立刻聯絡她吧。」

「知……知道了。」

曼德拉吞吞吐吐地回答。

這反應讓十六夜感到很意外，他帶著詫異眼神發問：

「……怎麼了？有什麼不方便嗎？」

「不，不是那樣。我只是覺得自己很可恥而已。」

曼德拉帶著自嘲表情如此喃喃回答。十六夜雖然對這個表情有點在意，但憲兵隊的一員正好慌慌張張地跑來報告，因此他把疑問吞了回去。

「曼……曼德拉大人！不好了！剛收到報告，說珊朵拉大人溜出了宮殿……！」

「你說什麼！」

「幸好都市內有許多目擊者，據說她現在位於『星海石碑』的展示迴廊！」

「真是！在這種時候那傢伙到底在——」

曼德拉正要破口大罵，卻突然閉上嘴巴。

接下來他露出剛才那種苦悶的表情，回頭看向十六夜。

「不好意思，你得陪我前往『星海石碑』了。」

「好啊。反正那個展示迴廊再怎麼逛也不會膩，既然能免費入場我當然樂意奉陪。」

兩人對彼此點點頭，往前踏了一步想要趕往展示迴廊。

然而這時卻有人抓住了十六夜。他回頭一看想確認到底是誰——才發現全身都被果汁淋濕的老闆正冒著青筋掛著笑容。

「……這位客人，麻煩付一下修理費和賠償費。」

「……你聽到了嗎？曼德拉參謀大人。」

商人的視線瞪著十六夜，十六夜則掛著惡作劇般的笑容望向曼德拉。

身為憲兵隊隊長兼參謀的曼德拉在十六夜說出下一句話之前就已經做好心理準備，一聲不吭地放下自己的錢包。

之後，曼德拉擺出比平常更不高興的表情離開了現場。

＊

——「紅玉洞穴」地下水道。

砰！混世魔王和熱風一起從半空中摔落。

「好痛……！」

他抱著腦袋滾來滾去。這是因為他沒能對突發狀況做出完美反應，因此從頭頂著地。為了在遭受到若干衝擊時也不受影響，石造的地下水道全體都施加著各式各樣的恩賜，某些特定位置還設下了能消滅入侵者的陷阱。

所以既然只是頭部受點皮肉痛，反而該說是運氣很好吧？

「不過居然是地下水道？是誰把我帶來這種地方？」

混世魔王按著腦袋窺探四周。

如同迷宮般複雜的地下水道有特定的出入口，並不是隨便從哪個地方都能闖入。至少沒有能從商業區道路直接進來的路線。

那麼到底是用了什麼方法，才能把他拖進這個地下水道裡呢？如果混世魔王早幾秒鐘想到這個答案──他的命運應該會多少產生一點變化。

「──不准動。」

「嗚！」

這是一個刺耳、強硬，而且只是傳進耳裡就彷彿遭受攻擊的尖銳聲音。

由於聲音在地下會迴響因此無法掌握詳細位置，然而對方肯定位於死角。

在陰暗的燈光下，混世魔王瞬間停止動作。這並不是因為他不清楚敵人的位置，而是因為他的生存本能開始以最大音量拉響了警報。

（……不妙，真的不妙。再怎麼說本大爺的直覺也太遲鈍了吧！）

這名長久隱居的魔王對自己今天的不中用表現感到很丟臉。

在落入這種狀態後，他就該立刻察覺出答案。

能讓人從沒有入口的道路潛入地下的恩賜相當有限。除了利用「透過」的恩賜，只剩下——

對方是能夠操縱「境界門」的超級大人物。

（這是單獨使出的瞬間移動（Teleport）嗎？雖然聽說過傳聞，但實際體驗可是第一次。）

混世魔王一邊感覺到背上流著冷汗，同時慢慢讓焦躁沉澱。

只要發動「虛度光陰」這恩賜說不定就能夠逃走，然而要那樣做必須瞄準出乎敵人意表的瞬間動手。

既然對方下令「不准動」，那麼一旦自己做出可疑的舉止，敵人就會立刻表露敵意吧。

混世魔王保持不動並聽出敵人的呼吸節奏，讓心跳配合時機。

正當他打算行動的那瞬間——從黑暗水道的另一頭傳來開朗的聲音。

「馬克士威先生真是的！威脅對方可能會造成誤解呀！我們只是來交涉，不可以讓對方害怕啦！」

這像是跑錯棚的年幼聲音讓混世魔王不由自主地差點滑倒。

然而這也是理所當然的反應。畢竟他剛剛正打算發動賭上性命的恩賜，結果卻被一個像是小孩子在勸架的語氣給阻止了。

洩了氣的混世魔王無視命令走向聲音的主人——鈴出現的方位。

「喂喂，說是交涉也未免太粗暴了吧？不是嗎？你應該要好好遵守委託人的要求呀，熱力學的知識派惡魔先生。」

「……哼哼，對一個只會綁架小孩的無能三流來說，這不是很恰當的待遇嗎？」

這聲音聽起來強硬又自我意識過度讓人覺得很討厭。混世魔王原本也不服輸地想要以酸一百倍的言論反駁，這時鈴趕緊介入兩人之間。

「總・而・言・之！馬克士威先生你還是先回去吧！你真的每次每次都只會讓事情變得更加複雜！」

「雖然不情願但了解了。妳不需要那麼生氣，我不會違反遊戲掌控者的方針。」

怒氣沖沖的鈴對著陰暗水道另一頭大叫。於是那個男子……「馬克士威妖」的氣息就從地下水道中消失了。

鈴稍微嘆了口氣，才以疲勞的態度重新轉身面對混世魔王。

「不好意思，那個人雖然頗有實力，不過個性卻有些問題。」

「哦~？妳還真辛苦啊……那麼小姑娘，妳是知道我就是混世魔王所以才來見我嗎？」

「是的，我是為了拜見著名的『北方災禍』混世魔王大人所以才來到此地，希望你能原諒我們剛才的冒犯行徑。」

「……哦？」混世魔王似乎很佩服地呼了口氣。

雖然很多人聽說過他的王號，但知道「北方災禍」這個別稱的人並不多。因為這個別稱只有經歷過他主辦遊戲的人才會拿來使用。

「真讓人驚訝，知道我的別稱而且還活著的傢伙應該不多……算了也罷。那麼妳想要我做什麼呢？畢竟剛才也欠了人情，就算多少有點勉強的難題我也願意承接喔。」

披著長袍的混世魔王咧嘴一笑。

他已經推測出鈴隸屬的組織。白夜叉在辭去「階層支配者」職位時發布的警戒令實在太有名了，即使是隱居的混世魔王也有耳聞。

──「馬克士威魔王」加入了魔王聯盟。

那麼被他稱呼為「軍師」的這女孩，只可能有一個來歷。

混世魔王以帶著挑釁、挑戰以及期待感的語氣發問：

「那麼，小姑娘妳是想讓誰遭遇『神隱』？你們應該是為了奪取想要的人才，所以才來找我的吧？」

他張開雙臂宣示自己的存在。

剛才的追趕劇並非混世魔王的全部實力。主辦凌駕常人智慧的考驗，才是魔王的真正價值。如果從這個角度來評估，他連實力的十分之一都尚未發揮。

也因此，混世魔王以展示自己真正價值的態度來對著鈴出言挑釁。

鈴也回應般地用手指壓著嘴唇，露出燦爛到不能再燦爛的甜美笑容。

「——全部。」

「啥？」

「我說，要奪走全部。」

——一瞬間。

以為自己聽錯的混世魔王又問了一次。

然而鈴並不介意，她搖晃著一頭美麗黑髮，張開雙手踩著舞步轉了一圈又一圈。做出可愛少女舉止和露出可愛眼神的她繼續說道：

「沒錯，這不是比喻。我們要奪走聚集在這『煌焰之都』裡的人才、資源、領土、地位、旗幟、名號……也就是這片土地被賜予的所有恩惠。要一掃而空，甚至連一絲殘骸也不會留下，徹底奪走——也因此，我們需要混世魔王的『神隱』。」

她以如銀鈴般的悅耳聲音毅然宣言。

這並非比喻——沒錯，而是真的要把一切都掠奪殆盡。

在東南北的支配者即將為了對抗魔王聯盟而前來聚集的此地，他們要像是嘲笑對方般地做盡壞事。一邊談論著如此冒瀆的行為——這名叫鈴的少女的眼中卻沒有擔憂也沒有愧疚。臉上掛著宛如白百合般可愛笑容的她，對於接下來要舉辦的掠奪遊戲只感到愉悅。

因此混世魔王直覺感到——

和自己曾經遇過的任何人相比，這名少女都是更符合「魔王」一詞的人選。

「……哈……哈哈……嘿嘿嘿呼哈哈哈！哎呀哎呀哎呀！這真是嚇人啊！在擁有力量的魔王都為了保身而銷聲匿跡的時代，居然有這種發狂的小鬼在現世中徬徨！看來即使已經過了千年，世間依然充滿了罪孽啊……！」

混世魔王抱著肚子大笑，連眼中都不由自主地泛起淚光。

不知道這是因為笑得太用力，還是源自於歡喜情緒的淚水。

痛快狂笑了一陣之後，混世魔王喘著氣站起，眼中散發出熾熱的鬥志。

「——好啊，我就任憑小姑娘妳使喚吧。快拿出加盟書，混世魔王從今日此時開始，就和魔王聯盟站在同一旗幟之下。」

藏在長袍下的血紅大嘴露出笑容。看到那兼具醜惡和愉快的笑容讓鈴感到很滿足，她拿出加盟書並將一面旗幟——聯盟旗大大展開之後才如此宣布。

這面旗幟正是讓擁有強大力量的魔王們聚集於其下的聯盟旗。描繪在布面上的「吞食尾巴的三頭龍」眼中放出妖異的光芒，如同王冠般閃耀。

「歡迎，混世魔王大人。我等『Ouroboros』竭誠迎接你的加入。」

第五章

──「星海石碑」展示迴廊。

現在是夕陽開始緩緩西沉的時刻。

逐步被染上黃昏色的「煌焰之都」正慢慢改變著其外貌。這個城鎮處處被蠟燭式提燈那色彩繽紛的篝火照亮，因此要到夜幕降臨之後才會呈現出景觀的真正姿態。

而在夜行種數量也頗為眾多的這個城鎮中，黃昏時刻是最具備旺盛活力的時段。

一個在晝夜會綻放出截然不同光輝的都市，這就是「Salamandra」的根據地。

在「星海石碑」也逐漸轉變為夜晚色彩時，展示迴廊裡卻起了一陣大騷動。

因為發現珊朵拉私下外出的憲兵隊大量湧入了這裡。他們不顧客人受到的干擾，四處奔跑追趕著珊朵拉一行人。

「請您等一下！珊朵拉大人！」

「不要！在解決『神隱』事件之前我絕對不回去！」

珊朵拉吐出舌頭拉著下眼瞼扮了個鬼臉，接著拔腿跑走。

在部下面前表現出如此幼稚一面的珊朵拉極為罕見。

完全被捲入騷動的仁被珊朵拉和殿下扯住後頸衣領還直接這樣拽著他到處跑，已經陷入瀕死狀態。

「我……我會死……！」

他好不容易才讓脖子獲得一點空間並發出慘叫。

「沒問題，如果只是窒息而死，事後我也會想辦法。」

殿下以平常的表情若無其事地丟下一句。或許是因為這個少年隨時都很冷靜，讓人實在無法判斷他到底是認真的還是在開玩笑。

……不，或許他隨時都很認真。

「總……總之！我們得先找個地方躲起來！」

「嗯，前面有個用來搬運展示品的後門，先衝進那裡吧。」

「知道了。」

殿下和珊朵拉繼續拖著仁在迴廊上右轉，從人群頭上跳了過去。然而早已預測到這個發展的憲兵隊埋伏在後門前，一看到珊朵拉就發出號令。

「就是現在！放出翼龍隊！」

「咦……翼……翼龍隊？這裡可是展示迴廊的中心耶！」

珊朵拉驚訝大叫並停下腳步，接著出現三隻體長約有十尺的有翼火龍阻擋三人的去路。

這三隻火龍卡在前門和後門之間，還占領了上空包圍住他們。既然前後和上方都被控制住，無論是誰都無法從展示迴廊中逃出。

包夾他們的三隻火龍口中吞吐著火焰，並以銳利的眼神瞪著珊朵拉。

「珊朵拉大人，請您返回根據地吧。」

「我等並不是想和首領相爭。」

「您即將要參加召集會，要是在這裡引起什麼問題，恐怕會讓其他支配者們有機可乘。為了『Salamandra』，請您回到宮殿裡待機。」

雖然語氣客氣有禮，然而發言的字裡行間卻處處讓人感受到其他意圖。

恐怕這三隻火龍屬於對年幼珊朵拉成為領導者感到不滿的派系吧。如果不是這樣，怎麼可能會讓亞龍降落到觀光名勝的「星海石碑」中。萬一珊朵拉動手抵抗，他們打算以損毀展示物之類為理由來引發批判。

仁挺身擋在珊朵拉前方，同時像是講悄悄話般地提出建議。

「……那個，珊朵拉。妳為什麼不找曼德拉先生協助妳呢？既然對手是魔王，應該要竭盡『Salamandra』的全力來應戰才對吧？」

「……辦不到，因為曼德拉哥哥不相信我說的話。」

「咦？」仁歪了歪頭。很難相信那個認真頑固的曼德拉居然會不把首領的意見當一回事，這中間是不是有什麼誤會呢？

然而珊朵拉卻握緊拳頭，表現出似乎在深深煩惱什麼問題的態度。

「其實……我在上一次的『神隱』現場中有看到犯人。」

「妳是指『神隱』的犯人？」

「嗯，是一個背上有『混』字，戴著兜帽的人。可是，只有我看得到那個犯人……所以無論是曼德拉哥哥還是其他同志，都沒有人願意相信我說的話。在那之後，哥哥還刻意把我調開，讓我不會接觸到這個事件。」

珊朵拉垂眼看向下方，似乎很悲傷地說道。

然而她立刻甩了甩頭讓自己振作起來。

「曼德拉哥哥總是這樣，內心深處並不相信我的話。明明首領和參謀這個樣子只會對共同體整體造成不良示範呀……所以我必須用這次的事件，來贏得哥哥和大家的信賴。」

珊朵拉握起雙手，燃起鬥志。

聽完這番話，仁也終於了解珊朵拉這次私下外出的意義。

雖然開朗但不是個野丫頭的珊朵拉之所以做出如此大膽徹底的行動，與其說是因為對兄長的反抗，出於自立心的動力應該更多吧。

身為共同體的領導人，能否獲得同志的信賴是關乎生死存亡的問題。更不用說在「Salamandra」這種等級的大型組織裡，光是一點疑心就會對統御帶來影響。對於世襲制共同體的領導人來說，這個問題是無論如何都必須跨越的關卡之一。

「我明白了，既然妳都這麼說了那我也不勉強妳。但這個狀況要如何解決呢？」
「我想……靠實力硬闖？不過萬一破壞展示品倒是有點不太妙。上方的進貨口有直接連往隔壁鬥技場的通路，如果能成功到達那邊應該就有辦法脫身。」
「話說起來也快要到『造物主們的決鬥』開始的時間了，鬥技場應該會湧入很多觀眾。」
一旦開始舉行遊戲，鬥技場的觀眾席想必會比展示迴廊擁擠數倍，最適合用來藏身。那麼，該怎麼做才能逃進鬥技場呢？
仁瞪著正在步步進逼的三隻火龍並努力動著腦袋思考。
這時，殿下突然開口說道：
「仁，珊朵拉，條件只有那樣嗎？」
「咦？」
「我指突破的條件。畢竟基本上我也算是被妳僱用，這種程度是可以出點力。」
「你……你說這種程度……一旦打起來，展示場和憲兵隊都無法倖免於難。如果有能夠無傷壓制他們的辦法還另當別論，但除此之外的情況都會引發大問題。」
「是嗎，換句話說只要把憲兵隊無傷擊退就可以了吧？」
殿下並沒有表現出得意自誇的舉止，只是平靜放話表示這點小事易如反掌。
這泰然自若的態度讓仁和珊朵拉啞口無言地面面相覷了一陣子。為了避免誤解要先說明，如果只是要打倒翼龍和憲兵隊，珊朵拉也能夠辦到。

然而如果必須在不傷及展示迴廊和憲兵隊的前提下動手，難度可就提昇了不只兩倍。

「呃……那個……我還是確認一下。必須在不破壞展示迴廊的情況下擊退憲兵隊和火龍，然後神不知鬼不覺地混進鬥技場的觀眾席裡，之後把應該還會繼續來襲的憲兵隊也解決，同時還得尋找『神隱』的犯人……是這樣沒錯吧？」

「嗯，沒錯。要在不破壞展示迴廊的情況下擊退憲兵隊和火龍，然後神不知鬼不覺地混進鬥技場的觀眾席裡，之後把應該還會繼續來襲的憲兵隊也解決，並同時尋找『神隱』的犯人……好啦，還有其他要求嗎？」

殿下扳著手腕發出喀喀聲響。三隻火龍已經氣勢兇猛地逼近到不遠處。

不需要殿下特別提醒，他們三人也找不出其他辦法了。

既然如此……珊朵拉下定決心點點頭。

「那麼，就麻煩你那樣處理吧。上空的翼龍由我來負責，其他翼龍可以不必手下留情，但憲兵隊請盡量無傷——」

處理——這句話沒能講完。

後方的翼龍逮住珊朵拉正在講話的破綻，噴出火焰發動突擊。

「珊朵拉大人，冒犯了！」

超過十尺的巨大身軀高速飛翔，逼近珊朵拉的後方。正在對殿下說明作戰的珊朵拉反應略為慢了一步，被翼龍用前腳一把抓起。

「呀……！」

「珊朵拉！」

「已保護珊朵拉大人！另外兩人可以給他們一點教訓！所有人一起上！」

憲兵隊和兩隻翼龍發出威武怒吼聲。

殿下一把抓住仁的後領，在他耳邊低聲說道：

「很快就會解決，你先乖乖趴下五秒。」

「五——」

下一剎那，殿下原先踩著的地面猛然爆炸，他本人則衝向憲兵隊。

憲兵隊沒想到要逮捕的對象居然會主動衝過來，因而產生了一絲猶疑。然而殿下並沒有放過這個破綻。

他輕輕揮動雙手，對周圍七人的要害發動攻擊。精準命中人體要害的拳頭輕鬆地奪走了憲兵隊的意識。

在後方的憲兵隊數量總共有五十五人。殿下一邊在內心嘆息對方居然只為了抓一個小女孩就如此大費周章，同時在短短時間內把憲兵隊全都擊倒在地。

胸口、脖子、頭頂……殿下使出已達極限的速度和令人驚異的準確度，沉穩從容地一一得手。直到最後一人也失去意識後，仁才總算理解殿下做了什麼。

「——秒……還不到啊！殿下……你到底……？」

「可惡！一個小鬼居然敢小看我們！」

「可別以為傷害我等同志的罪行能夠輕易償還！」

兩隻翼龍發出怒吼，像是被觸摸到逆鱗般地吐出火焰往前疾衝。

嘴邊冒出灼熱氣息的翼龍以光看那龐大身軀實在很難以想像的迅捷速度往前飛行，並張口吐出巨大的火球。

那顆火球的大小遠超過殿下三倍，然而殿下只是舉起右手隨便一揮，就輕鬆地讓火球消失無蹤。

「怎……怎麼可能！」

「因為有說對你們可以不必手下留情，我可要做出相當程度的對應……如果要逃，最好趁現在喔？」

這個警告應該算是殿下的善意表現吧，然而兩隻翼龍卻誤以為是挑釁行為，更為憤怒地咆嘯。

「哼！儘管放馬過來！我等歷經巨峰熔岩鍛鍊的鱗片，不會敗給一個乳臭小子！」

翼龍張開雙翼，宣布要正面接下挑戰。

先前為止都以平靜態度撂倒敵人的殿下驚訝地睜大雙眼——下一瞬間，他臉上浮現出彷彿染上殘酷色彩的駭人笑容。

「……是嗎？既然這樣，過於手下留情反而算是失禮……！」

「嗚！殿下！快住手！」

被上空翼龍抓住的珊朵拉因為擔心同伴而大叫。

然而太遲了，這制止的叫聲太晚才響起。

即使總是悠然地擺出架勢，但殿下並沒有溫和到被人正面挑戰後還願意主動收手。雖然平常總是表現出冷靜的態度，但他的靈魂反而是由鬥爭心凝結而成。

原本應該頗為矮小的少年因為解放出的極少靈格所帶有的比重，讓人產生他似乎膨脹了數十倍的錯覺。從白髮金眼發散出的威迫感即使和魔王相比也毫不遜色。

殿下用力踏地讓迴廊的地盤產生龜裂，接著加快到甚至讓大氣燃盡的速度——以第三宇宙速度衝向翼龍們面前。

「什麼……！」

「盡力接下吧。也沒什麼，運氣好的話可以留住一條命——！」

少年的拳頭擊向翼龍。

還以為身材矮小的少年揮出的拳頭應該很脆弱，然而卻帶來遠遠凌駕翼龍想像的衝擊。他精彩地粉碎了甚至比鋼鐵鎧甲還堅硬的鱗片，讓巨大身軀猛然往後彈飛。在後方旁觀事態發展的另一隻翼龍以全身化為盾牌並擋下了同志。

「嗚……嗚喔喔喔喔喔喔！」

意圖接住同志的那隻翼龍發出了吼叫。

然而被殿下毆打的翼龍卻繼續加速增強了往後飛的力道，最後兩隻翼龍滾成一團，雙雙飛往展示迴廊外側的廣場。

仁和珊朵拉，還有最後剩下的那隻翼龍全都目瞪口呆地注視著一連串的發展。

直到殿下若無其事地開口說話，才讓茫然自失的眾人拉回正常意識。

「喂！抓住珊朵拉的那傢伙，你也差不多該放開她了吧。」

「什……你這混帳，以為自己是誰……！」

「反正你快點放開她就對了。珊朵拉只是拚命想要贏得『Salamandra』成員的信賴而已。既然你也身為主力之一，應該要更相信新的首領。」

殿下皺著眉頭訓斥翼龍。

被殿下這種小孩指責讓翼龍也很沒面子。牠露出複雜的表情低頭望著珊朵拉、仁、殿下，以及倒地的「Salamandra」同志們。

一臉苦悶地環視過眾人之後，翼龍輕輕放開珊朵拉。

牠先讓珊朵拉在展示迴廊中著地，才跪下低著頭恭敬說道：

「……請您原諒我等的無禮，然而我等也是在為『Salamandra』的將來著想。請您絕對不要勉強，要是感到危險請立刻回來。」

「好的。竟然必須使用如此粗暴的方式來說服你們，讓我為自己的不成熟感到很羞愧。希望能以為火龍旗幟帶來榮光的行動來彌補這次事件，並獲得你們的原諒。」

翼龍和年幼的首領注視著對方，點了點頭。

接著翼龍展開雙翼飛起，最後又看了殿下一眼才離去。

事情總算告一段落讓仁喘了口氣，放心般地笑了。

「這下只要能逃進鬥技場裡，或許就找出什麼辦法呢。」

「嗯……不過我真的很驚訝，沒想到殿下你居然那麼厲害。」

「是嗎？反而是翼龍隊的人讓我不得不佩服呢。雖然我有手下留情，但本來是想把牠們一口氣打往世界的盡頭。結果居然光是那樣就被牠們撐住了，讓我有點意外。」

「是……是嗎？」

「嗯。既然那種水準的翼龍有四千隻，果然還是難以應付。」

「——你這口氣聽起來就像是已經設想到要和『Salamandra』交戰的情況呢。」

仁帶著笑容這樣說完，殿下也大笑著回應：

「別說傻話，我不是說過我們是商業共同體嗎？要是跟『階層支配者』起了衝突，只會讓生意變得難做而已……好啦，現在更重要的是要趕快前往鬥技場。是走那邊的後門吧？」

三人靜靜地對彼此點頭，沿著用來搬運展示品的後門樓梯往上爬，前往通向鬥技場的聯絡通路。外面的那些人似乎是憲兵隊被派來這裡的所有人員，現在已經感覺不到他們的存在。

三人在聯絡通路裡前進了一陣子後，就聽到從鬥技場的方向傳來會場裡的熱烈歡呼聲。

接著，前方也立刻響起那名負責主持的開朗少女所發出的說話聲。

仁小心注意周遭，並拉開門把進入鬥技場——

「——那麼接下來是第一場比賽！

『No Name』所屬，久遠飛鳥！

『No Name』所屬，春日部耀！

以及我們的偶像！優勝者候補第一名！堅不可摧的 Super lady！

『Will o' wisp』所屬，維拉・札・伊格尼法特斯——！」

──「造物主們的決鬥」鬥技場舞台上。

「恩賜遊戲名『造物主們的決鬥』

・參加共同體：

＊共二十四名（請參考附件）

・遊戲概要：

一、預賽中，每一場比賽由三名參加者一起進行對戰。

二、由到最後還沒有失去資格者通過預賽。

・勝利條件：

一、對戰者掉出比賽場地外。
二、破壞對戰者的恩賜。
三、對戰者無法達成勝利條件（包括投降）。

・敗北條件：
一、參賽者掉出比賽場地外。
二、參賽者的恩賜被破壞。
三、參賽者無法達成上述的勝利條件。

宣誓：尊重上述內容，基於榮耀與旗幟，共同體舉辦恩賜遊戲。

『Salamandra』印」

開始西沉的陽光和吊燈的篝火照進了鬥技場內。

也因為即將舉辦支配者們的召集會，每月定期舉辦的「造物主們的決鬥」展現出比平常更熱鬧的場面，正可以形容為盛況空前吧。

三名參加者各自站在鬥技場的角落，等待開幕的鑼聲響起。

位於北邊的久遠飛鳥以苦悶的表情瞪著對手。

（沒想到居然有一天必須和春日部同學在恩賜遊戲中競爭……而且剛剛提到維拉·札·伊格尼法特斯，這名字難道是指……？）

據說是「Will o' wisp」領導者的少女。

飛鳥從她身上感覺到兼具美豔和可愛但是卻欠缺防備的魔性。明明她擁有能深深吸引住男性視線的不道德性感外貌，然而這名少女卻有著對此毫無自覺的傾向。即使宛如高級糕點般輕飄鬆軟的雙馬尾更突顯出稚氣，可是起伏明顯的胸部和曲線卻依然讓人不由自主地投以有色的眼光。

飛鳥把視線朝向維拉，注意到這件事的維拉也轉頭面向她的位置。

「…………？」

維拉以彷彿會散發出甜美香氣的動作稍微歪了歪頭，她大概並不明白自己為何會受到注目吧。一舉一動都嫵媚又惹人憐愛，同時還美豔且性感。

——然而飛鳥很清楚一件事實。

這個美豔的少女正是使喚傑克南瓜燈的惡魔。

也是北區屈指可數的參賽者。

「…………」

兩人瞪著對方。這時，維拉突然拿出十字型的鈍器。

咕咚！

「嗚！」

飛鳥的頭頂傳來強烈的悶痛感。眼冒金星的她觀察四周想知道是發生了什麼事，才發現原本握在維拉手中的十字型鈍器——正確來說該稱為榔頭的物體正掉在地上。

遊戲開始前的先制攻擊讓飛鳥怒火中燒地站了起來，這時愛夏驚慌失措地出聲阻止她。

「抱……抱歉！妳先忍一下！剛剛那是維拉姊的習慣……」

「習慣？用鈍器攻擊別人腦袋叫做習慣？」

「是……是啊！她的壞習慣就是會拿鈍器攻擊有興趣的對象並觀察反應！我會再嚴重告誡她，所以拜託妳這次就別追究了！」

愛夏非常狼狽地按住飛鳥的肩膀。雖然飛鳥的怒氣並沒有因此而消散，但現在她還是刻意選擇忍耐。

既然這裡是舞台，那麼欠債該在遊戲中討回。

（很好……！什麼北區最強的參賽者，我會讓妳好好嚐到反擊的滋味……！）

剛剛那一擊讓飛鳥原先委縮的內心受到了當頭棒喝，她總算也下定了決心。

飛鳥凝視著被收納在恩賜卡中的新恩賜和同伴，讓自己鼓起幹勁。

「我對你們有信心，迪恩，還有——阿爾瑪特亞。」

「請包在我身上，My Master。」

＊

──「造物主們的決鬥」鬥技場，南側入口。

春日部耀待在南側靜靜地集中精神。

她並不知道為什麼飛鳥也參加了遊戲。

然而耀卻有著必須在「造物主們的決鬥」中獲勝的理由。

她橫著眼確認位於東側的維拉·札·伊格尼法特斯，並回想起對方之前的發言。

「這樣，就可以履行和孔明的約定──」。

耀並不確定那少女到底知道些什麼，然而根據她的口氣，對方想必擁有關於父親的情報。

既然如此，無論對手是誰自己都必須取得勝利。

更何況身為久遠飛鳥的朋友，萬一打出一場丟臉的戰鬥那可不會被原諒。

（黑兔和傑克都在觀眾席上，那麼飛鳥應該已經取得了新的恩賜。我必須在她使用新恩賜前一口氣分出勝負。）

耀露出微笑，胸中則藏著鬥志、氣魄以及對同志的期待感。如果飛鳥能撐過最初的攻擊，就代表她已經克服了弱點。

身為朋友，那樣既讓人高興，也感到可靠，同時將成為威脅，還是一種樂趣。

（而且，關於之前那個人……維拉小姐使用過的恩賜，我也已經做出了預測和對策……沒問題，我不會輸。）

耀手中掌握著絕對的自信和策略。

在她把集中力提升到極限的同時，鬥技場中響起開幕的銅鑼聲。

*

黑兔、傑克，還有盧奧斯三人坐在人聲鼎沸的觀眾席裡，等待遊戲開始。

「嗚嗚……情……情況變得很複雜了！沒想到飛鳥小姐和耀小姐，甚至連維拉小姐都在同一場預賽裡上場！」

「呀呵呵……那個任性愛亂晃的丫頭，我明明再三吩咐要她直接前來工房啊。不過算了，飛鳥小姐不會有問題！」

「可……可是……耀小姐的身體能力對飛鳥小姐來說是最糟糕的剋星。何況這場遊戲只要被推出比賽場地外就立刻直接敗北……說不定會在一瞬間分出勝負。」

「不可能會那樣。」

傑克立刻斷言。黑兔不由得閉上了嘴。

明明傑克也在「Underwood」一戰中確認了耀的成長，然而他的語氣卻充滿了自信和把握。

「呀呵呵……春日部小姐的確是強敵，然而她絕不是飛鳥小姐無法取勝的對手。飛鳥小姐以前只是尚未理解自己的才能而已……呃，話雖這麼說，其實我本身也是聽了嘎羅羅兄講解後才總算理解。只是一聽就能明白，的確飛鳥小姐的力量並不是被授予的恩惠，而是屬於給予方的力量——也就是說，和賦予『模擬神格』的情況酷似。」

ＹＥＳ！黑兔點點頭回應。她也隱隱約約感覺到了這一點。

——在箱庭中，「神格」是指能讓某種族或物質的靈格提昇到最高位的恩惠。而飛鳥讓恩賜最大化的狀態，正是和賦予「神格」極為相近的現象。

在其中有一種類型叫做「模擬神格」，專門用來提昇恩賜的輸出力量。

這個名為「模擬神格」的恩惠，能夠把恩賜呈現出的靈格向上提昇，甚至還有可能讓恩賜在有限制的情況下解放出神格級的力量。

但由於「模擬神格」提昇的對象僅限於輸出方面，一旦讓獲得賦予的恩賜使出最大力量，有可能會因為無法承受靈格的比重而自行毀壞。

「那是可怕的力量，而且也很難掌控。然而最糟糕的問題是賦予方法必須透過『神諭（語言）』。因為語言的靈格會立刻消散，也會在傳達給對方之前先行劣化，甚至還可能因為對方的靈格而被拒絕。所以我也很能理解為什麼黑兔小姐妳會誤以為她的力量是『支配』之力。」

「ＹＥＳ……不過人家還是要說，一般來講任何人都不會聯想到那是賦予模擬神格的力量

呀！」

黑兔抖動著兔耳抗議。

傑克忍住苦笑並豎起食指。

「於是我等準備了適合久遠飛鳥的裝備……也就是能夠活用那破格才能的恩賜——我能在此斷定，現在的飛鳥小姐甚至可以和斐思・雷斯勢均力敵。」

傑克自信滿滿地如此宣言。

聽到他講得這麼斬釘截鐵，就連黑兔也不得不滿懷期待。

她凝視著圓形鬥技場，用力吞了口唾沫。

「飛鳥小姐能和那位斐思・雷斯大人勢均力敵……？」

「呀呵呵！所以飛鳥小姐也十分有機會取得優勝——」

「根本不可能，優勝者只有維拉這個人選。」

這時響起狠狠打斷兩人興奮對話的冷淡聲音。

原來是坐在傑克身邊的盧奧斯冷冷地踐踏著兩人的期待。

「維拉是北區最強，不是區區無名能對付的敵手。算了，畢竟有我製造的『堡壘』，一開始的五分鐘大概可以撐得住吧。」

盧奧斯插嘴介入了兩人和睦的會話。

傑克也像是氣勢被削弱般地嘆了口氣。

「哎呀呀……看來你真的很不希望飛鳥小姐獲勝呢。不過那個裝備只有飛鳥小姐有能力妥善運用喔，這點盧奧斯你應該比誰都清楚。」

「哼！那又怎樣？那種事情我根本不在意，只要那女人公開出糗就好。而且『堡壘』的材料是金剛鐵和那個毛皮，只要分解回鐵塊和毛皮，應該可以賣個不錯的價錢吧。」

盧奧斯咧嘴露出輕浮又惹人厭的笑容。

黑兔不太高興地皺起眉頭，不過她更關心別的事情。

（『堡壘』是指新的恩賜嗎？不過金剛鐵配上毛皮……？）

「我說啊，盧奧斯。那個毛皮是向『No Name』借來的東西，不可以擅自拿去賣掉。況且就算賣掉也沒有其他的用途……」

「哈哈，田埂南瓜這麼無知真是傷腦筋啊，明明那個山羊毛皮是會讓農協共同體垂涎三尺的物品。」

「農……農協？山羊毛皮？」

還有被稱為「堡壘」的恩賜。完全看不出相關性的黑兔不解地歪著腦袋。

的確「No Name」從寶物庫中挑選了幾項似乎可以拿來製作的恩賜出借，然而並沒有聽說被拿來如何應用。

不過既然農協共同體會想要，表示那恩賜在建造農園方面也會有幫助吧？

莉莉和孩子們一定都會很高興，說不定是傑克在幫忙製作時還一併考量到這點。

「……啊！要開始了！」

黑兔指著鬥技場的中心。

開幕的銅鑼聲響起，讓觀眾的視線一口氣聚集到圓形的比賽場地裡。

觀眾席中也傳出期待比賽開始的吵雜說話聲。

在開幕的銅鑼被敲響三次後，比賽場地的中心出現了負責擔任裁判的少女——晃著藍色雙馬尾的愛夏．伊格尼法特斯。

「咦……愛夏小姐？為什麼她會擔任裁判？」

「呀呵呵！我們『Will o' wisp』是這個遊戲的常客！所以很榮幸地獲得了和我們親近友好的珊朵拉大人直接指名！」

「呀呵呵！」傑克晃著南瓜頭笑得很是得意。

他的共同體已經成功列名「星海石碑」的名人堂。

而維拉之所以會被稱呼為北區最強的參賽者，是因為她立下了多次的優勝紀錄，以及不敗的傳說。

還有「Will o' wisp」在火龍誕生祭時也確立了相當的功績，因此從他們內部選出裁判並不是什麼不可思議的事情吧。

（終於要開始了，耀小姐……飛鳥小姐……）

黑兔像是祈禱般地握起雙手。

來到舞台上的愛夏，連續叫出位於鬥技場角落的三人姓名。

「——那麼接下來是第一場比賽！

『No Name』所屬，久遠飛鳥！

『No Name』所屬，春日部耀！

以及我們的偶像！優勝者候補第一名！堅不可摧的 Super lady！

『Will o' wisp』所屬，維拉·札·伊格尼法特斯——！」

嗚喔喔喔喔喔喔喔喔喔喔喔！聽到維拉的介紹後，現場響起熱烈的歡呼聲。

雖然維拉似乎並不具備黑兔那樣的親切嬌媚，但也相當受到歡迎。不過當事人卻依然不明白為何反應如此熱烈，只是在舞台上不解地歪了歪頭。

看到會場盛大反應的愛夏滿意地點點頭，舉起右手高聲宣告：

「那麼在此——我宣布『造物主們的決鬥』開幕！」

＊

——這瞬間。

蒼色之風狂掃過大地。

最快進入備戰狀態的春日部耀立刻察覺這是維拉造成的風。

她的靈格被稱為「蒼炎惡魔」，起因則是從大地噴發出的可燃性瓦斯和磷等物質。如果只是那些，只消使用旋風就能夠迴避。

然而被冠上「北區最強」的維拉所使出的火焰，不可能僅僅只是自然現象。

「——召喚(summon)，愚者之劫火(Ignis fatuus)。」

「嗚……！」

蒼色之風產生了溫度，規模大到無法感知的灼熱烘烤著大氣。

即使放出的火焰顏色並不同，但是耀知道自己曾經感受過這種威脅。因為她現在察覺到的氣息，和上次傑克在「Underwood」展現出的灼熱篝火相同。

據說是從地獄召喚出的業火(Gehenna)暴風。

規模大到只靠七盞提燈就足以燒盡整個城鎮的恩賜。

（這……這個人是怎麼回事！該不會想在鬥技場內召喚地獄烈焰吧……？）

才剛開幕，維拉就使出了最大級的火力。光看那可愛的外表，根本無法想像她居然具備這種從第一招就行使最大規模攻擊的膽量。

維拉打從一開始，就想要以一擊來同時打倒她們兩人。

（變更作戰……！要是對方使出了地獄的業火，飛鳥會有危險！）

在還不滿一秒的時間內，耀就把戰鬥的對象切換成維拉。現在不是講什麼作戰的狀況了。

耀握緊「生命目錄」，變化出發光的「光翼馬（Pegasus）」護腿，並刮起璀璨旋風衝向維拉。當她以類似沿風滑行的動作來使出一踢的那瞬間——

維拉消失了。

「嗚！糟了——！」

瞬間移動——也就是開啟「境界門」，只有能操縱境界的人物才能做到這件事。

這個能力的特異之處，和傑克從火焰中現身的現象有著不同的異質性。

傑克的能力只是從火焰到火焰，也就是在點和點之間拉起線並進行移動這樣的程度；然而維拉的瞬間移動既沒有前兆動作，也和障礙物的存在與否沒有關係。

剛剛的攻防也是，耀根本無法掌握發動的瞬間時機。

——雖然之前就已經有所耳聞，但這真是個超乎常識的恩賜。

不是靠速度或感官就有辦法應付的力量，要對抗這能力，需要方向性完全不同的恩賜。然而現在耀卻沒有時間去仔細揣摩。

（蒼色之風吹個不停……再這樣下去……！）

耀才一回頭，立刻以幾乎要喊破嗓子的聲音大叫：

「飛鳥！快逃到比賽場地外！」

咦——飛鳥臉上露出楞住的表情，果然她並不了解這陣蒼色之風的威脅。

然而就算要去救她，時間也明顯不夠。

這是開幕後僅僅過了兩秒就發生的情況。

維拉・札・伊格尼法特斯召喚的「愚者之劫火」讓蒼炎之風在鬥技場中肆虐。主動接下裁判工作的愛夏面無血色地逃往比賽場地外，可是卻被從背後洶湧而至的熱風猛然推向觀眾席。

「等……維拉姊妳等一下啊啊啊啊啊啊！」

雙馬尾被燒焦的她摔進了觀眾席。

因為觀眾席受到防護恩賜的保護，所以才只受到這點程度的傷害，相較之下鬥技場中心已經發生了嚴重慘劇。

劫火的威力遠遠超過傑克以前召喚的業火，並將所有存在於物質界的物體都一一燒毀。從鬥技場中央熊熊燃起的蒼炎轉瞬之間就讓比賽場地融解。

蒼炎火柱甚至高達箱庭都市的大帷幕。

連雲海也被灼熱的風暴擊散。

親眼見識到這個存在於生死縫隙間的惡魔——維拉讓萬象之牆崩壞的力量後，觀眾席突然變得鴉雀無聲。

「怎……怎麼會發生這種事……！」

黑兔雙手顫抖，呻吟般地擠出聲音。

維拉的實力遠遠超過原本預測的評價。

正因為黑兔完全理解維拉做了什麼事，所以眼前的驚人威力才會讓她的嘴唇和雙手都不由自主地顫抖。如果黑兔的想像正確，飛鳥和耀根本完全不是對手。

因為維拉剛剛的行動並不只是「召喚了地獄的業火」這麼簡單的事情。

她在那瞬間——並非比喻，而是真的直接連到地獄本身。

就像是白夜叉曾召喚出白夜高原作為遊戲盤面那樣，維拉解放了自己的靈格，並讓地獄火爐和現世的境界崩壞，直接燒烤整個鬥技場。

「居然敢……居然敢把那兩位……把人家的同志——！」

黑兔因為憤怒而忘我，頭髮也染上緋色。

這時傑克以輕鬆的態度制止了迸發出紅色雷光，似乎隨時會闖入比賽場地的黑兔。

「請放心吧黑兔小姐，妳看，她們兩人都無傷喔！」

「——咦？」黑兔發出了傻傻的聲音。

這聲音是反擊的訊號嗎？或者只不過是偶然呢？

叮鈴！猛烈燃燒的蒼炎——被優雅的鈴聲和笛音打碎。

*

獨自一人前來鬥技場的珮絲特因為眼前的奇蹟而目瞪口呆。鬥技場裡的變化就是如此戲劇性，讓她甚至做出了這種反應。

——沒錯，這並不是比喻。

燒盡天地的蒼炎風暴——現在化作巨大冰柱，隨後被打得粉碎。

「讓火焰結凍了……？該不會是飛鳥她……」

珮絲特這樣講完，把視線放回鬥技場中。這時她第二次大吃一驚。

鬥技場中看不到飛鳥的身影，只有站在中心的維拉還有逃到空中的耀兩人。取而代之的是在鬥技場的比賽場地上——有個先前並不存在的鋼鐵球體聳立著。

（那顆球……和迪恩大小差不多。）

在歷經劫火肆虐的比賽場地上，神祕球體完全無傷。鋼鐵球體放出微弱的雷光，並散發著一種拒絕他人接近的堅固存在感。

在靜悄悄的會場中，鬥技場的中心——已經結凍的風暴內部傳出飛鳥的聲音。

「已經沒事了，解除防護吧，阿爾瑪。」

「了解，My Master。」

——咚！球體跳動了一下。

珮絲特直到此時，才總算發現那顆球體具備了自我意志。

冰冷的鋼鐵牢籠以宛如脈搏跳動般的動作起伏著，並伴隨著閃電改變外型。

出現了向上延伸的雄偉犄角，強而有力的四肢和蹄。白銀的體毛迸發出刺眼的閃電，一隻威風凜凜的山羊神獸就像是要保護飛鳥那般，挺身擋在她的前方。

（山羊的……神獸？而且居然能放出閃電，絕不是普通的神獸……！）

自古以來，成為「神靈階層地位高低」的象徵並流傳至後世的現象就是「閃電」這個恩惠。

正如同閃電後的雷聲在日文中可以寫成「神鳴」，除了人類，狂風暴雨和雷鳴也能收集到閃電成為降伏人類的最後自然能源，並維持古老長久且尊貴的信仰。

除非是主神等級的神靈，或是和主神血緣親近的神族，否則要伴隨著閃電應非易事。其他許多種族的敬畏，是最古老的信仰之一。

（奇怪……那隻山羊神獸的實力明顯高於飛鳥，那麼飛鳥到底是用什麼方法來馴服那種怪物……？）

「珮絲特！妳怎麼會在這裡？」

珮絲特猛然回頭，才發現呼喚自己的人是在展示迴廊那邊分頭行動的仁他們。

三人跑向偶然相遇的珮絲特，卻發現鈴不見蹤影而不解地歪了歪頭。

「……？鈴去哪裡了？」

「不……不知道。她說她還有事所以我們在路上分開了。至於她有什麼事情，我想殿下應該比較清楚吧？」

「嗯？噢，沒問題，我心裡有數。憑鈴的能力，她大概已經鎖定『神隱』的犯人了吧。」

「真的嗎？」

「因為她說過有找到線索——比起這事，我們先看鬥技場吧。現在似乎成了一場很有趣的遊戲。」

殿下瞇起黃金色雙眼笑得很是愉快。

他整個人靠到扶手上，像是在評價般地往下望著飛鳥和山羊神獸。

「那隻山羊雖然類似自動人偶，但和人偶不一樣。而且也具備自身的意志，乍看之下像是生物。到底是誰的作品？」

「我想……應該是『Will o' wisp』的傑克和維拉小姐吧？」

仁很快回答，於是殿下以理解的態度點點頭。

「是『蒼炎惡魔』……那個職掌生死境界的惡魔嗎？原來如此，這樣我懂了。既然是那個人，要附加生命(aura enchant)也並非難事。那山羊大概是神獸的轉生體。」

轉生體？仁和珮絲特不解地歪了歪腦袋。

殿下輕輕笑了，指著觀眾席裡還沒恢復意識的愛夏。

「例如那個地精，那是地精附著於死後的人類身上並成為新生命體誕生的姿態。所謂的生命體基本上只要死亡就會立刻失去靈格，不過也有可能跨越死亡，並轉生成下一個生命。」

「……你是指復活？」

「怎麼可能，新的生命可是新人格的財產。最重要的是，若想讓死者完全復活，必須條件

是要運營獨立的宇宙論（cosmology），『蒼炎惡魔』沒有那麼大的力量。雖然多少能夠繼承一些記憶，但能夠遺留下來的頂多只有外貌吧。以那種形式來轉生後，靈格一定也會劣化——」

講到這邊，殿下突然停口不再繼續。

已經收起先前笑容的他以訝異視線瞪著山羊神獸。

（……要是轉生，靈格也會劣化。這是因為轉生後的存在會依附於附身對象之靈格。一般來說生前的神格應該也會歸還……那麼為何那隻山羊依然能以神獸之姿顯現？）

殿下抱著疑問，以銳利眼神凝視飛鳥。

他已經聽說過久遠飛鳥的恩賜在「Underwood」之戰中的表現。

雖然來歷不明，但她卻使用了能讓「巴羅爾之死眼」無力化的火焰。這是和飛鳥對峙過的奧拉所提出的報告。

所以殿下推測那是和大鵬金翅鳥同系統，擁有強大抗神功效的恩賜。

（然而她的能力並不是屬於那種類型。要提昇靈格必須賦予神格，或是能擴大理念（idea）規模之類的力量——無論是哪一種，都超越了人類力量的範疇。）

殿下望著飛鳥和神祕的神獸。

接著他的視線注意到逃往空中的春日部耀。耀使用「生命目錄」讓火蜥蜴和老鼠的恩賜融合，編織出使用「火鼠」皮革的日式傳統短上衣，躲過劫火風暴。

（哦……那邊是利用「生命目錄」來逃過一劫嗎？就連煉獄的劫火似乎也無法殺死從火焰

胎盤中誕生的老鼠。）

然而以火蜥蜴乘上老鼠來組合出「火鼠」完全稱不上機智，那樣等於是在平白告訴對方自己擁有何種力量。為了避免讓敵人察覺自己能操縱系統樹，應該要避免那種過於簡單的創作。

（雖然才略經雕琢感覺也不成熟……但果然這個「No Name」是人才的寶庫。如果可以的話，甚至希望整個都過來我們這邊呢。）

殿下拉高嘴角露出微笑。那笑容就像是找到新玩具的小孩，同時也透出一種讓人不舒服的感覺，彷彿在評估掠奪物品的價值。

仁以眼角餘光看了看這樣的殿下，突然把視線朝向正下方的觀眾席。

「……啊！黑兔！還有傑克也在！」

聽到有人在呼喚自己的黑兔「唰！」地豎直兔耳。

她東張西望地看過周遭之後，才注意到位於上方觀眾席的仁。

「仁少爺！您怎麼會在這裡？」

「呀呵？而且連珊朵拉大人也在！」

「我是在帶著仁參觀城鎮。『箱庭貴族』大人，好久不見了呢。」

珊朵拉換上對外用的老成語氣和笑容，臉不紅氣不喘地撒了個謊。大概是支配者也當習慣了吧，或許她意外地很擅長心口不一的演技。

盧奧斯本來表現出感到很厭煩的態度，但一注意到身為支配者的珊朵拉，就突然站了起

來，以從來沒表現出來過的親切和笑容空出身旁座位。

「哎呀……這不是『Salamandra』的珊朵拉大人嗎！真沒想到能在這種一般席遇見您！請吧請吧！請坐這裡！」

「謝謝你，盧奧斯大人。您也來到北區了。」

「是的，我們無法繼續忍受東區的鄉下氣質，所以在北區文明馨香吸引下來此。現在和這位傑克南瓜燈的共同體有著往來。」

「真是一樁美談。正在旺盛發展的『Will o' wisp』如果能得到『Perseus』附加恩賜的技術，應該會以扶搖直上之勢在箱庭都市中步步高升吧。還請務必把你們擁有的高水準技術傳授給他們。」

「噢…………啊……嗯，我會妥善對應。」

盧奧斯以僵硬的笑容回應。

珊朵拉是拐著彎要求盧奧斯把貴重的技術交給傑克他們。就算是盧奧斯也無法再繼續奉承討好，只能含糊其詞。

被珊朵拉隨便應付的盧奧斯很不高興地望向她身後的仁等人。

這時他突然把視線停在殿下身上。

「……？喂，那邊的白髮小鬼。」

「怎樣？」

面對無禮的發言，殿下依舊泰然回應。

平常的盧奧斯光是看到這個態度就會火冒三丈吧？心高氣傲的他不可能容忍十二歲的少年以這種態度跟自己說話。

然而僅限於這次的場合有了例外。

盧奧斯把白髮金眼的殿下從頭到腳打量一圈之後，微微站起身子開口發問：

「你……和我是不是有在哪裡見過？」

*

喀啷喀啷喀啷！在冰風暴中，三顆藍色寶珠掉到地上粉碎。

讓劫火結凍的恩賜核心從飛鳥手中掉出。

（嗚……比起發火的寶珠，能冰凍的寶珠更高價啊……！）

飛鳥因為嚴重破費而內心相當懊悔。

然而再怎麼說也是財閥大小姐的她並不會把這種感情表露於外。

——順便說一下，雖然這只是離題的閒聊。

結冰寶珠之所以比較高價，並不是因為實用性等方面的差別。

原因是能讓物體運動能量往負數移動的這個恩賜是違反熱力學第二定律的現象，也是人類

未能實現的恩惠之一。況且這現象如果能夠實現，人類就能輕易製造出永動機。因此即使箱庭極為廣闊，能基於物理學觀點來顛覆這項法則的存在，就只有一個惡魔。

所以這個高價的恩賜，有著光一個就相當於一枚金幣的坑人價格……！

——總之，這種離題閒聊先放到一邊去。

被飛鳥最大化的冷氣以「讓現象結凍」的規模顯現。

這是和能燒盡萬物的劫火處於對角線上的恩賜。若要找出能操縱如此規模冷氣的人物，恐怕在北歐諸神中頂多也只有一人能辦到吧。

雙方衝突讓比賽場地和地面雙雙溶解得無影無蹤，但勉勉強強還能隱約看出一些痕跡，要是超出範圍就會被視為敗北。

飛鳥正在慎重地判斷著場外的範圍，這時耀從上空降落。

身穿「火鼠」上衣的耀靠近飛鳥，擦著冷汗對她微笑。

「飛鳥！太好了，不過妳是怎麼把那火焰……」

「嘻嘻，那是祕密……我是很想這樣說啦，不過對方似乎不是讓我還有餘裕開這種玩笑的對手。」

飛鳥以銳利的視線望向維拉。

她帶著沒有掩飾的敵意開口發問：

「初次見面，維拉小姐。妳的響亮名聲甚至在東區也能耳聞。」

「…………」

「不過我真沒想到，自己居然會差點被同盟對象突然殺掉。可以請妳以『Will o' wisp』領導人的身分來說明一下到底是什麼意思嗎？」

飛鳥雙手扠腰，以高壓的態度提問。

耀心中也有著同樣的疑問。由支配者主辦的這場「造物主們的決鬥」原則上禁止殺死對手，這是甚至不需要寫在「契約文件」上的大前提。

使出致命一擊的維拉只會讓人覺得她不但不懂遊戲規則，甚至還欠缺更基本的常識。

「我要知道答案，妳為什麼召喚了那麼危險的火焰？根據妳的回答，我們也有可能要重新考量結盟一事。」

「…………？」

維拉愣住了。

「……危險嗎？」

她以比糖果還甜美可愛的表情微歪著頭，像是很困擾地回答：

「咦？」

「那種程度的火焰，為什麼會危險？」

第六章

——飛鳥和耀兩人同時僵住。

一時大意，讓她們的思考和身體都像是麻痺般地停止運作。

維拉的回答不由分說的把兩人的自尊心撕毀成兩半。這份無情甚至使用「徹底粉碎」這種形容還更為貼切。

飛鳥和耀都沒有料想到，維拉不但打開了地獄火爐，還會放話說那只是「那種程度」。看樣子對於維拉來說，那種行為似乎已經是十二分手下留情。

飛鳥努力抑制住內心的憤怒，硬擠出滿面笑容對著維拉說道：

「是……是嗎？沒錯，那種程度的火焰根本不算什麼！」

「當……當然！那種程度的火焰不成問題！」

飛鳥和耀以顫抖的聲音回答……但聽起來似乎有點僵硬，肯定不是多心。

不知道維拉如何看待這樣的兩人？她像隻小動物般地把小小的腦袋和雙馬尾左右搖動，之後似乎突然想到了什麼，她抬起頭說道：

「——妳們很強。」

「咦？」

「妳們兩個都太低估自己了。我剛剛說的話並不是挖苦。對於妳們來說，地獄劫火的等級低了非常多，並不是妳們該畏懼的對象。」

「…………」

飛鳥在無意識的狀況下解除了劍拔弩張的氣氛。

劫火風暴是很恐怖的東西，至少飛鳥和耀根據印象確實如此認為。然而實際撐過這波攻擊之後，兩人身上都沒有受到任何傷害。

耀跨越過許多次的生死關頭，每一次都讓她變得更強。

飛鳥雖然因為自身才能而感到苦惱，但也終於獲得適合自己的恩賜。

維拉是在告訴她們，在箱庭每一天留下的軌跡，不斷累積至今的功績，還有一起建立起的情誼，讓兩人的才能開始綻放出花朵，而且成果遠超過她們自身的想像。

「尤其是飛鳥，妳的事情我也曾經聽斐思·雷斯提過。」

「從斐思·雷斯那邊？」

「嗯。從她那邊得到情報之後，我製造出妳的恩賜——『阿爾瑪特亞堡壘』。」

維拉伸出手一指。

她所指方向的前方可以看到正展示著英勇身姿的山羊神獸。

「『阿爾瑪特亞堡壘』是我和傑克……還有盧盧製造的……」

「盧盧？那是誰？妳該不會是在說那個公子哥吧！」

「咳咳，剛剛的不算。」

維拉重新改口，第二次重來。

「『阿爾瑪特亞堡壘』是我和傑克……還有盧奧斯製造的最高傑作。現在的妳們兩人，就

連面對斐斐……咳咳！我是說面對斐思．雷斯時，也能和她勢均力敵地戰鬥。所以應該要對自己更有自信。」

維拉以嚴肅的表情結尾。

她似乎很努力地想要引導兩人，但最後還是搞砸了。

不過本人似乎覺得那樣依然算是帥氣結尾，張開雙手擺出準備迎擊兩人的架勢。

「……我……並不喜歡戰鬥，也不喜歡參加遊戲。不過，為了讓妳們兩人能夠重新認清自己的實力——我想要以北區最強的身分來打這一場戰鬥，這就是我能表達謝意的方式。」

「謝意？」

「妳們兩人曾經兩次從魔王手中救了傑克和愛夏。」

北區最強的少女露出微笑，表示自己就是要針對這件事道謝。

飛鳥和耀看了彼此一眼，似乎有點為難地縮起肩膀。

「……真要說的話，我總覺得受幫助的人是我們。」

「嗯，我們也該找個機會好好道謝才行。」

兩人對著彼此點頭，一起擺出備戰態勢。

兩人感覺自己終於能夠打從心底享受這場「造物主們的決鬥」。

北區最強的人物正張開雙臂準備接受挑戰。沒有其他事情比這樣更令人興奮，東區的問題兒童們說什麼都要挑戰。

「雖然對維拉小姐不好意思，但我們要以二打一了。」

「沒有問題，接下來我也會拿出真本事。我想，如果妳們兩人不一起上就會有危險。」

話聲剛落，維拉就從雙手開始放出蒼色之風。

雖說是小規模，但只要碰到「愚者之劫火」就會受到致命傷。

首先要是無法突破那蒼色之風就一切免談。雖然披著「火鼠」上衣就能承受，但這樣一來攻擊方面難以兼顧。最重要的是，如果找不出對策來應付她的瞬間移動，那一切都沒有意義。

這時飛鳥把身體靠向正在煩惱要如何發動攻擊的耀，低聲說道：

「春日部同學，我有一個好提案……妳有興趣嗎？」

「……風險是？」

「應該算是高風險高報酬吧。」

飛鳥露出促狹的笑容。既然她帶著餘裕開口提議，就代表她已經看出了勝算。明白這點的耀微微點頭表示承諾。

「明白了，告訴我作戰吧。」

當飛鳥也點點頭回應的那瞬間——

事態急轉直下。

第七章

——「星海石碑」，星海龍王的雕像前。

當鬥技場竄出巨大火柱的那時候，十六夜和曼德拉正前往展示迴廊的最深處，放置名人堂等級展示品的閱覽室。

在一般遊客不能進入的這個區域裡，排列並保存著精雕細琢的雕像和裝飾品等。火龍誕生祭時曾經展示過的星海龍王雕像——據說是莎拉製造的翠綠色似曜岩結晶也存放在此處。

「是說這個似曜岩結晶……到底是從哪裡挖掘出來的東西？」

「這不是挖掘出來的東西，是姊姊使用星海龍王的龍角，以聳立於宮殿後方的高山製造而成。」

「哦～也就是說後面的高山是活火山囉？」

「現在是休火山……比起這事，更重要的是珊朵拉真的在這種地方嗎？」

「嗯？應該不在吧，我只是想趁這機會看看貴重展示品而已喔。」

「……什……」曼德拉一時說不出話。

原本還以為他又要咆哮大怒，但大概總算已經領悟到那樣做根本是白費力氣吧？只見曼德拉垂下肩膀轉身打算離開這裡。

這時十六夜突然叫住曼德拉。

「喂，曼德拉。」

「囉唆，我必須去找出魔王和珊朵拉，哪有時間幫你帶路……」

「別說那種話啦，我是想問你認識這個雕像的署名者……叫孔明的人嗎？」

曼德拉猛然停下腳步。剛剛他還冒著青筋火冒三丈，但在十六夜講出「孔明」這名字的下一瞬間，他立刻換上愣住的表情。

曼德拉連連眨了幾次眼，才以打從心底感到意外的態度反問：

「……為什麼問我這問題？」

「那當然是因為東西在這個保管庫裡啊。」

「不是，我意思是關於孔明兄的事情，應該有比我更清楚的人吧？」

十六夜雖然一瞬間露出有點茫然的表情，但馬上就理解到曼德拉的言外之意。

曼德拉詫異地問道。

「該不會……不，果然是那樣嗎？」

「什麼啊，果然你知道。」

「不，畢竟你想想，那機率低到等於是把天文數字當成分母耶，甚至連現存的六十九位數

都可能不夠用。（※註：這裡的69位數是指古時候的計數單位「無量大數」，10的68次方，也就是69位數，實際上數學裡的位數並沒有上限。）或者是存在著那種可以從箱庭中挑選想召喚哪個人的荒謬篩選方法嗎？」

「當然是有啊。」

曼德拉很乾脆地回答。

十六夜訝異得差點鬆手讓手中的雕像摔到地上。

「……不，不對不對，等一下，不管怎麼說這都不可能吧。根據我至今為止的推論，這個箱庭世界應該是遍及存在於所有可能性的線上和時間流上。那麼召喚特定個人的行為，等於是要從可能性的大海裡撈出一根針般的神技耶！」

「我不懂那種事。」

曼德拉沒好氣地回答。十六夜的眉頭鎖得更緊，這是因為他原本對於自己的推論抱著絕對的自信。

——逆廻十六夜、久遠飛鳥、春日部耀三人是從不同的時代被召喚到同一個時間流上。根據這點，可以假設這個名為「箱庭」的空間應該能和外界的時間流永遠保持著相連狀態，或者本身就是一個遍及存在於時間流上的空間。

至於召喚點之所以被局限於可能性的交叉點，是因為只有在不同時間流的平面彼此重合的那瞬間，「箱庭」這個存在的密度才會提高。

如果只有這一個例子，十六夜也還不能具備確信而只能停留假設階段。然而把至今戰鬥過的魔王和仇敵們也列入考量後，會發現如果不這樣假設就無法得出合理邏輯。

例如「Perseus」，他們在十六夜的世界中是故事裡的人物，不是事實。

然而據說他們的祖先也和十六夜等人一樣，是被召喚到這個箱庭的異邦人。這就是證據，顯示在不同可能性的延伸線上，名為「帕修斯（Perseus）」的人物確實曾經存在。還有蕾蒂西亞等吸血鬼是來自比人類更遙遠的未來這件事，也可以被視為證據之一。

——時代有前有後，事實和虛構混合的世界。

只要假設「箱庭」這個空間能遍及存在於不同時間流，或是能和不同時間流互相連接，那麼所有推論都能合情合理。

（……不過，要從無限可能性中召喚出複數的特定人物……這真的可能辦到嗎？）

沒錯——所謂「遍及存在於不同時間流」，代表有可能召喚出無限個名為「十六夜」的人物，同時也等於是召喚出「不是現在這個十六夜的十六夜」，換句話說就是召喚出另一個人。另一個十六夜和現在的十六夜是興趣嗜好完全不同的他人，人生軌跡應該也會不同吧。甚至說不定會是個女性。

至於「在同一人物形象同時存在的情形下，其中之一會是完全相異的他人」的論點，是由「哈梅爾的吹笛人」傳承提供了證明。「哈梅爾的吹笛人」在同一件事實，同一個傳承中存在著複數的人物形象和事件性，而且他們還是分別居住於內含不同可能性的世界的居民。

可能性的大海遠比宇宙廣大。十六夜完全無法想像，到底要用什麼方法才能從那片大海中撈出單一個人。

（可惡，好像能掌握卻又抓不到。是不是還缺少什麼……重大的關鍵字呢？）

至少已經超過光靠十六夜現在擁有的情報所能處理的範圍。

無法理解的十六夜帶著嚴肅表情陷入沉思。曼德拉注意到自己先前的發言就是原因，嗯哼咳了一聲又開口補充：

「……唔，總之，我的講法確實有問題。」

「什麼？」

「具體來說，該說是我知道有人曉得召喚的方法……這樣才正確。雖然才幾個月，但你既然住在箱庭都市裡，應該多少有聽說過吧？關於星之境界和黃金的魔王——『萬聖節女王』的傳說。」

十六夜訝異地瞪大眼睛，像個小孩子般讓雙眼散發出光彩。

「『萬聖節女王』……哈！我有聽說過傳聞，她是箱庭的『三大問題兒童』之一對吧？」

「那種稱呼太冒犯了我可不敢用，總之她的確是代表箱庭的人物之一。因為這個箱庭裡雖然有許多『魔王(King)』，然而被稱呼為『女王(Queen)』者……箱庭全土也只有那位而已。」

「這真是了不得啊，希望無論如何都能獲得去謁見的榮譽。」

咚！十六夜敲了敲上面刻有孔明署名的雕刻品。

雖然沒能解開謎題，但得到了鑰匙。

意外的收穫讓十六夜握緊拳頭。

（總之，春日部他老爸肯定曾經往來於箱庭和外界。如果能夠從箱庭召喚特定人物……說不定救出莉莉母親的事情也並非癡人說夢。）

包括金絲雀在內，「No Name」的過去成員都有可能被流放到外界，莉莉她母親也是其中之一。

據說獲得宇迦之御魂神授予神格的莉莉她母親如果真的被流放到外界，說不定可以從她的神格對歷史造成的影響，來推測出被流放的時代。

（首先要試著找出觀測時間變動的方法。等到所有準備都已經完成，再申請謁見「萬聖節女王」也不遲吧。）

關於這問題十六夜原本已經半放棄了，但卻在意外之處得到了收穫。

說不定能趁此機會一口氣把「No Name」的成員都喚回。

「謝謝啦，多虧你讓我感覺似乎能找出什麼辦法。」

「是嗎？那麼我這邊你也得幫忙，否則我可傷腦筋了。立刻去把珊朵拉——」帶回來吧……這句話並沒能講完。

當曼德拉正打算講出這要求時，突然傳來一陣撼動大地的衝擊。

這個衝擊讓耐震的保管庫也大幅搖晃，甚至擴散到讓幾個展示品因此倒下。

十六夜扶著自己附近的展示品，以銳利的眼神望向鬥技場的方向。

「……震源很近。」

他帶著警戒低聲說道，剛才的搖晃並非尋常的衝擊。

如果這是戰鬥的餘波，正在交手的雙方肯定擁有不尋常的實力。在隔壁的鬥技場裡，應該有參加了「造物主們的決鬥」的飛鳥和耀。

要是那兩人正在和有此等實力的對象交戰——

「抱歉，預定得變更了。我要前往鬥技場，畢竟小不點少爺他們也可能在鬥技場裡。」

「噢……好，我先和憲兵隊會合後也會過去。」

十六夜丟下因為突然的衝擊而腿軟的曼德拉，自顧自拔腿往外跑。

——他有不妙的預感。

十六夜至今為止曾經多次闖過生死關頭，然而這次卻有著和每一種情況都不符合的惡寒竄過他的背脊。十六夜基於直覺領受到前所未有的威脅，並瀟灑地朝著鬥技場前進。

＊

——稍微往前回溯一些時間。

在觀眾席角落的位置。

一年都不知道能否見識到一場的大規模遊戲發展讓觀眾席此起彼落地傳出更為興奮狂熱的歡呼聲，然而角落位置的氣氛卻有些不同。

盧奧斯一看到白髮金眼的少年就瞇起眼睛，以帶有不安的語氣質問對方：

「你……和我是不是有在哪裡見過？」

盧奧斯詫異地瞪著殿下並如此說道。

這應該是他從先前開始就一直望著殿下的原因吧？殿下一瞬睜大眼睛有些驚訝，但立刻輕輕笑著點了點頭。

「是啊，說不定有見過。因為我們是商業共同體，和『Perseus』應該也是在交易時見過吧？」

「噢，嗯，就是那種感覺的記憶。的確是在某場大商談中好像稍微瞄到……」

盧奧斯表現出好像快想起來卻又想不起來的態度，很不愉快地歪著臉抱頭苦思。仁看到這樣的他之後露出苦笑，介入殿下和盧奧斯之間。

「關於這件事……那個，盧奧斯先生。」

「啥？怎樣啊？」

仁先若無其事地偷偷擋在珊朵拉面前，才瞬間收起笑容。

「應該是——買下蕾蒂西亞小姐的時候，沒錯吧？」

「——嗚？」

出其不意的一擊讓殿下的臉上滿是驚愕。精彩擊中內心破綻的這句話讓殿下張口結舌地瞪大眼睛回望著仁。

就連在後方待機的珮絲特也無法相信自己的耳朵而停止思考。

（仁……到底是從什麼時候——！）

「請不要動！」

這時，黑兔在殿下背後大叫。

她手上已經握著帝釋天之神矛。

「珊朵拉大人！請您快離開！並立刻集合憲兵隊！」

「為……為什麼……」

「這名少年是魔王聯盟的成員！賣掉蕾蒂西亞大人的共同體在這世上只有一個——這樣解釋沒錯吧？仁少爺！」

仁點點頭。看到這毫無迷惘的應答，讓珮絲特更加混亂。換句話說，仁是在連珮絲特也沒發現的情況下察覺出殿下的真面目。

殿下大概也抱著同樣心情吧？他以打心底感到訝異的態度看著仁不斷眨眼，然而這並不代表他露出了破綻。

繼續保持從容態度的這名白髮金眼少年即使正在被帝釋天之神矛指著，也沒有把黑兔當成威脅。

他仍然直直望著仁，一臉有趣地帶著微笑提問：

「仁，為了當成以後的參考，希望你能告訴我……你到底是從什麼時候就發現我是魔王聯盟的人？我並不認為是琊絲特告訴你這件事。」

「……我一開始就知道了。琊絲特見到你們時，有回答『好久不見了』。可是──你們是在什麼時候認識？」

珊朵拉也像是猛然想通般地吸了口氣。

仁和她剛碰面時曾經這樣說過：

「這兩個月內，因為琊絲特也兼任護衛，所以隨時和我形影不離──」

「沒錯，讓琊絲特成為隸屬後的這兩個月內，我們二十四小時都在一起。換句話說，琊絲特認識你們，我卻不認識的情況根本不可能發生。如果真有這種時期──只可能是她自稱為『黑死斑魔王』的時候而已。」

「原來如此，才剛碰面就已經被你看穿了嗎？這是我們輕率造成的失誤……不，該說是你的精彩表現才對，真的讓我刮目相看。」

「那……那……鈴也是……？」

「沒錯。不好意思騙了妳，珊朵拉。我們就是被你們稱呼為魔王聯盟的那些人。」

殿下以不變的態度笑了。

珊朵拉到這邊才終於接受殿下的確是魔王聯盟成員之一的事實，她並沒有不成熟到事情都演變成這地步還會被友情矇騙。

「嗚……！『箱庭貴族』大人，請妳抓住他！我會立刻回來！」

「ＹＥＳ！請交給人家吧！」

珊朵拉以苦悶表情來強忍住想說話的衝動，隨後轉身離去。

黑兔高舉著神矛，用力點頭。確認珊朵拉離開鬥技場後，殿下再次把視線放到仁身上開口發問：

「可以再告訴我一件事嗎？」

「……什麼？」

「你到底明白多少事情？我不相信你會把誤導手法……『神隱』的解釋弄錯——其實你應該已經看穿了吧？這次的『神隱』事件的真相。」

金色眼眸裡浮現出純粹好奇心的殿下提出質問。

仁直直回望他的視線，平靜地回答道：

「……不，不是那樣。我之前的講法也是一種推測，一種解釋。引起這次『神隱』事件的犯人大概是西遊記中記載的『混世魔王』。所以判斷這個對『齊天大聖』懷恨於心的魔王試圖襲擊『齊天大聖』結拜兄弟的蛟劉先生，其實並沒有什麼好奇怪。所以……關於『混世魔王』

的目標，一開始應該是蛟劉先生沒錯。」

「──────」

「一般認為這個『混世魔王』總是針對『齊天大聖』故鄉的小猴子下手，是一隻性好劫持綁架的猿怪……其實不對，『混世魔王』的靈格是『放蕩心』的化身，也是在混沌至極的混世中，侵入他人內心的破綻，讓對方靈魂變質成『一事無成』──沒有任何成就之魂的惡魔。這個惡魔擁有的力量能讓大人慢慢墮落以建立起混世，並增強小孩子的放蕩心使其脫離父母孤立。這就是『讓不成熟的小孩遭到神隱』──混世魔王的真面目。」

──所以這個「混世魔王」，會被歷經成仙修行而獨當一面的「齊天大聖」打敗。「齊天大聖」就是藉由捨棄具備各種負面意義的「混」，來當作自身成長的證明。

「……殿下，我們今天和一個有著類似境遇的女孩子相處了一整天吧？」

「嗯，沒錯。」

殿下毫不隱瞞地率直點頭。

仁咬牙強忍內心的憤怒和悲傷，以平靜的語氣說道：

「殿下……你們的目的是要和『混世魔王』接觸……還要靠他的力量來讓珊朵拉遭到『神隱』……！」

「Marvelous！正確答案！我真的完全沒有料想到你居然已經看透到這種地步。我真的是對你刮目相看了，仁。」

殿下的金眼中放出燦爛光芒，還發出響亮的笑聲。

在旁邊聽著兩人對話的珮絲特臉色蒼白，並回顧著這件事情的來龍去脈。

（換句話說……珊朵拉並不是主動溜出宮殿，而是被慫恿的，對方的目的是讓她成為「神隱」的被害者之一……！）

這個真相讓珮絲特感覺到背脊幾乎結凍的酷寒。

如果珊朵拉沒有在宮殿裡遇上仁，現在應該已經成為「神隱」的被害者並消失無蹤了吧。身為召集會主辦人的她要是擅自消失，必定會導致「Salamandra」半途瓦解。支配者們之間的攜手合作肯定也會變得困難。所以那時候他們能遇上珊朵拉，正是宛如奇蹟般的機緣。

（仁……沒想到他憑一己之力就可以考慮到這麼多……）

珮絲特私下更改了對仁的評價。

他其實也已經克服了好幾場戰鬥。或許平常多少有點不可靠，但在才能先天不足的情況下，他也拚命努力至今。

為了避免被這個聚集了天才鬼才的「No Name」拋下，仁．拉塞爾在自己能力所及的範圍內，持續累積著完美的日子和功績。

「……殿下，我希望你老實投降。我想你沒有笨到即使面對這個狀況還想掙扎吧？」

「哦……叫我投降嗎？」

殿下強忍著笑意，同時確認包圍自己周遭的成員。

「Perseus」的首領，盧奧斯。
「Will o' wisp」的參謀，傑克。
身為「箱庭貴族」的黑兔。
降伏於「No Name」的前魔王，珮絲特。
殿下看了這些人一眼，接著以突然想到什麼惡作劇般的表情笑了。
「對了，來交易吧，仁。」
「……交易？」
露出訝異眼神的仁重複了殿下的發言。
彷彿想到什麼好點子的殿下帶著滿面笑容開口說道——
「我可以讓你們所有人活著回去，所以仁和珮絲特投降加入我方陣營吧。」

「什……！」
——眾人啞口無言。除了殿下以外的所有人都完全講不出話。
令人難以置信的是，他完全不把現在這個狀況當作一回事。就像是在表示，對於他來說，比起帝釋天之神矛，仁的回答反而更為重要。
他帶著確信宣稱，該擔心生命危險的人不是自己，而是仁和黑兔等人。

面對眼前的詭異少年，黑兔一回神才發現自己冒著冷汗。

「仁少爺，您沒有必要回答。這個少年……很危險……！」

甚至能讓人感覺到寂靜感的金色雙眼看向黑兔。看到那彷彿一派神清氣和的眼部動作，讓黑兔感覺到難以言喻的威脅。

「妳不必那麼害怕。根據仁的回答，我會好好放妳回到共同體。要不連支配者們的召集會我也可以視而不見，這應該已經是超乎常規的條件吧？」

黃金色的雙眼緊緊捕捉住黑兔。

就像是被蛇瞪住的青蛙，黑兔的身體瞬間整個僵住——

「……嗚！接招吧——！」

接著她立刻在雷鳴聲中解放了帝釋天之神矛。

——這個少年不能留。

軍神眷屬的血統訴說著，必須在有機會打倒他的時候立刻下手。雖然少年的存在或許會成為重要的線索，然而現在卻無暇顧及那些。

如果無法靠這一擊來打倒他，在場的所有人都會被殺……！

「是嗎……要打嗎，『箱庭貴族』？那就沒辦法了。」

殿下繼續背對黑兔，泰然自若地張開雙臂。

就像是在表示「來吧，隨便妳怎麼打」，殿下臉上浮現狂傲的笑容。

這份從容和挑釁都很詭異，但已經下定決心的黑兔也沒有一絲猶豫。舉好神矛的黑兔讓快沸騰的思考瞬間冷卻，一口氣縮短距離。

「貫穿吧……『模擬史詩．梵釋槍』——————！」

轟然雷鳴響起。

伴隨著激烈的閃電，具備勝利命運的神矛在殿下的背後獲得解放。連神靈也可以一擊打倒的必殺必勝之神矛放出幾千萬道天雷將地面燒焦。只要這把將命運本身作為恩惠附加於自身之上的神矛刺中目標，就能凌駕所有概念並擊斃敵人吧。

無論這個白髮金眼的少年是誰，都無法逃過這一擊……！

「怎……怎麼了？」

「有人在觀眾席裡打起來了！」

突然出現的道道閃電讓興奮觀戰的觀眾也發出了驚訝的喊聲。雖然亂戰騷動並不罕見，然而這次的規模卻不一樣。

對著周圍散發出龐大熱氣的神矛造成大氣膨脹並擊出數次雷鳴引發爆炸，觀眾們當然會感到驚訝。

——然而黑兔的驚訝程度卻遠遠超過了觀眾們。

「為……為什麼……！」

被刺向殿下背後的神矛——不。

帝釋天之神矛並沒有貫穿殿下的身體，而是被彈開了。

（這是……矛沒有貫穿？不過為什麼……？）

「是相剋性的問題，這類武器天生對我無效。」

殿下即使身受雷擊，依然帶著輕鬆自在的笑容。

就算神矛的利刃無法貫穿，光靠餘波應該也可以燒死人才對，然而對這個少年卻像是完全不管用。

殿下一轉身，從正面看向黑兔。

「今天本來只是想看看情況而已，居然演變成這樣真讓人遺憾啊，月之神子。」

「——嗚！請快逃！仁少爺——！」

黑兔發出慘叫，但一切都已經太遲了。

殿下輕而易舉地用拳頭把神矛彈開，衝向黑兔身前。原本舉好的武器被彈開造成姿勢失去平衡，然而黑兔依舊只靠身體動作來完全避開了追擊的拳頭。

在空中轉了一圈的黑兔順著離心力來轉動神矛，並用力向下揮動矛尖做出類似砍殺的動作。然而殿下並沒有做出試圖防禦的動作，而是若無其事地用脖子接住了槍尖。

（果然這是……擁有「刀槍不入」概念的恩賜……？）

帝釋天之神矛有唯一一個弱點。

這個神矛的恩賜是具備「一定能打倒被貫穿者」的命運。所以，面對原本就無法貫穿的對手時，無法發揮出十全的力量。

（可是，只要明白這點應該就能簡單查出他的真面目……！）

黑兔以媲美電腦的思考速度來篩選著自己的知識。

既然他受到如此強大的概念保護，那麼就代表這個恩賜應該會因為其傳承和功績而被傳頌至今。

黑兔瞬間就把可能是少年真面目的答案篩選到三、四個，然而殿下卻沒有放過思考造成的破綻。

抓住槍柄的殿下依然保持著輕鬆自在的笑容。

「我只給妳一瞬的時間，如果不想死就召喚『盔甲』吧。」

「可惡……！」

聽到這甚至帶著善意的殺害宣言，黑兔放棄了所有思緒。

這個「神矛」和「盔甲」本來有著無法同時使用的法則。然而下一擊即使必須承受所有風險還是必須防住。黑兔的本能在警告她，當她心生猶豫的那瞬間，身體就會被打得粉碎。

黑兔拿出如同古書般泛黃陳舊的「摩訶婆羅多史詩」紙片，並召喚發出刺眼光輝的太陽盔

甲。沒有人能夠殺死穿上不死盔甲的她。

確認那光輝之後，殿下以全力握緊小小拳頭——

「那再見啦，還算挺有趣的，月之神子。」

接著揮下。隔著盔甲被毆打的黑兔稍微在腳上施力試圖站穩腳步，然而殿下的腕力卻以超脫常軌的力量來打凹了盔甲。

（怎……麼會……？）

嘎吱……拳頭陷入太陽盔甲中。殿下以彷彿能擊碎山河的怪力來揮動拳頭——將黑兔以第三宇宙速度向後打飛了出去。

「黑兔小姐！」

在旁邊靜觀事態發展的傑克伸出雙臂抱住被打飛的黑兔，試圖保護她。

然而他無法拉住被擊碎山河之力擊中的黑兔，因此也被牽連一起撞進了觀眾席裡。受到撞擊的鬥技場觀眾席發生爆炸同時粉碎崩壞，讓煙塵、瓦礫和慘叫聲四下擴散。

「呀啊啊啊啊啊啊啊啊啊！」

觀眾們爭先恐後地逃離鬥技場。

黑兔試圖拉起上半身，可是身體卻使不出力，只能在原地垂下頭。

「黑……黑兔小姐！請振作一點！」

傑克的南瓜頭也已經半毀，但他完全不在意這件事，只顧著抱起黑兔著手幫她止血。他才剛伸手扶起黑兔，太陽盔甲的光輝立即消散，並恢復成史詩的紙片。雖說穿上了不死之鎧，然而那只是暫時性的裝備。

在鎧甲消失後，要是失血過多將會危及性命。

（不過那個少年……！即使擁有相剋性上的優勢，但他居然能一面倒地把黑兔小姐擊潰……！）

只靠拳頭就把身為帝釋天眷屬，而且還被頌揚為「箱庭貴族」的兔族打垮。即使那少年的外表看起來是個小孩，但真面目不可能是個人類。

向來以強韌不屈聞名的「月兔」僅僅受到一擊就重傷至此，讓傑克明白光憑手邊的治療用品沒辦法徹底醫治全身都已經負傷的黑兔。

於是他朝站著發呆的盧奧斯大叫：

「盧奧斯！去工房拿治療用品！能在空中飛翔的你應該馬上就能過去！」

「咦……啥？為什麼我得……」

「反正你給我快點去啊！這個笨蛋徒弟！偶爾也該乖乖聽從師父的命令！」

傑克激動地大聲斥責。盧奧斯立刻畏懼地縮了縮身體，不過下一瞬間還是咂著舌飛上天空。

接著傑克撕下自己身上的破布來代替繃帶，努力幫黑兔止血。

暈過去的黑兔動了動身體，喃喃呻吟道：

「仁……少爺……飛鳥小姐、耀小姐……大家……請快逃……！」

黑兔即使失去意識，依然掛念著同伴的安危。

然而僅限於這次的情況，黑兔的這種犧牲奉獻心卻造成了反效果。

鬥技場中原本正打算再度開始戰鬥的飛鳥和耀在看到黑兔受傷的那瞬間，立刻忘我地發出怒吼。

「居……居然敢……把我的——！」

「——把我們的黑兔打成這樣！」

兩人都放棄遊戲，把目標換成殿下。

在正面準備迎戰他們的維拉極為慌張地對著兩人背影大叫：

「不……不行……！光憑妳們兩個無法……！」

然而制止並沒有傳進兩人的耳中。

飛鳥和耀全身都籠罩著前所未有的怒氣，這也是理所當然的反應。

黑兔是共同體的重要人物兼開心果。正因為有她在，「No Name」眾人才能開朗樂觀地度過每一天。

正因為有她在——飛鳥和耀兩人才能在箱庭中獲得救贖。

「我當前衛！拜託妳支援，飛鳥！」

「知道了，上吧！迪恩！」

她們散發出來勢洶洶的氣魄，然而即使身處激情之中仍然保持著冷靜。兩人交換視線，瞬間就已經溝通好彼此負責的任務。

耀穿上光翼馬護腿，刮起璀璨旋風往前衝刺。

飛鳥則從酒紅色恩賜卡中召喚出紅色的鋼鐵巨人。

「——DEEEeeeEEEN！」

鋼鐵巨人伴隨著怒吼聲降臨。

獲得龍角的迪恩從中空身體內噴出火焰以鼓舞自己。

透過傑克和盧奧斯的加工讓龍角和神珍鐵核心融合後，迪恩擁有比過去更強大的怪力和烈焰，全身還噴發著灼熱的氣息。

耀趁著這段時間，讓光翼馬護腿散發出的璀璨旋風聚集到腳尖並藉此加速。在鬥技場中自由飛翔的她繞到了殿下背後，使出全力的踢擊。

彷彿已經看準了這個時機，飛鳥對著迪恩下令：

「進行夾擊！動手吧，迪恩！」

「DEEEeeeEEEN！」

伸縮自如的強壯手臂夾帶著灼熱火焰逼近殿下。

背後則有散發出璀璨旋風的耀以高速展開進擊。

直直站在觀眾席中的殿下面對兩人的王牌雖然眨著眼表示驚訝……然而下一瞬間就露出兇

暴笑容出手迎擊。

「太弱了！而且太慢了！」

他大吼一聲，握緊右拳以手背彈開迪恩的鋼鐵手臂，接下來試圖直接順勢攻擊耀，卻被她在千鈞一髮之際勉強躲開。

耀趁這個空檔繼續加速，以高速旋轉來襲擊殿下露出破綻的側腹。

「可惡！」

耀怒吼著發動攻擊，她認為剛剛揮空並失去平衡的殿下不可能躲得過。然而帶著確信打出的這一擊卻只是白白掃過空氣。

「太天真了！」

依然沒有取回平衡的殿下直接往後翻滾，並舉腳向後一踢把光翼馬的裝甲給向外彈飛。在甚至比一剎那更短的時間內能做出這種判斷和這種動作，真是讓人驚嘆的身法。

雖然還隔著裝甲，但承受了殿下一擊的耀依然重重撞向觀眾席。她靠著光翼馬和鷲獅子的恩賜來緩解了衝擊力，然而還是受到讓全身幾乎麻痺的痛感襲擊。

「好痛……真強……！」

把耀踢出去的殿下順著力道連續翻滾了兩三次，拉開彼此距離。

飛鳥狠狠咬牙，命令迪恩追擊。

「不要停手！把他逼上死角！」

「DEEEEeeeEEEEN！」

迪恩讓巨大的左右雙臂連續伸縮，把殿下趕往觀眾席的角落。然而由於雙方的速度相差太多，殿下很輕易地就從手臂間巧妙閃過。

和兩人拉開足夠距離後，殿下似乎很為難地左右搖了搖頭。

「真是……傷腦筋，妳們兩個都是我想要的優秀人才……但我這人不習慣手下留情啊。如果真的要打，可以等妳們稍微更能正面應戰之後再來嗎？」

殿下以完全不帶惡意的口氣這麼說道，並伸手拍去衣服上的塵埃。

接著他甚至沒有舉起雙手備戰，只是看著兩人。

這站姿正可以稱為泰然自若又唯我獨尊。即使面對被譽為人類最高峰的兩名曠世逸才，這少年卻依然完全沒有感到任何威脅。

飛鳥和耀也開始理解彼此的實力差距。

像這樣的攻防即使持續一整天，她們也無法打倒這個白髮金眼的少年。

兩人也做好心理準備，明白現在已經不是可以繼續有所保留的情況。

「……阿爾瑪特亞，迪恩。抱歉突然就要你們正式上陣……不過我要使出全力了。」

「DeN。」

「沒有問題，My Master。」

紅色鋼鐵巨人和白銀山羊都回應了主人的堅定決心。

「身為共同體的主力，不可以輕易展示出自己的底牌」——直到這一瞬間，飛鳥都一直忠實地遵守著嘎羅羅的這番教誨。

無論維拉的實力高過自己多少，在「造物主們的決鬥」中她都絕對不會亮出王牌……這是飛鳥的判斷。然而這個白髮金眼的少年並不是保留實力還能夠打贏的對手。

飛鳥拿出恩賜卡，準備取出傑克給她的第三個恩賜。然而這個動作卻被語氣平靜的耀阻止。

「……飛鳥，沒有必要繼續。」

「咦？」

「接下來不必擔心……他來了。」

飛鳥猛然吸了口氣，望向觀眾席的西側入口。

不明所以的殿下歪了歪頭，但還是受影響跟著看往飛鳥的視線方向。

只見那裡——有著獨自一人直直站著，並正在環視周圍的逆迴十六夜的身影。

第八章

——好啦，這到底是什麼狀況呢？十六夜思考著。

雖然他擁有非比尋常的理解力，然而要把握在眼前展開的慘狀還是讓他花費了若干時間。

畢竟鬥技場上的飛鳥和維拉沒受傷，然而位於觀眾席的傑克和耀以及黑兔卻身負重傷。

按照常理思考，判斷發生了一場波及觀眾席的大混戰應該是妥當的推論吧？

然而十六夜很清楚黑兔的實力。要讓她受到那麼嚴重的傷害並非易事，如果只是被捲入混戰中，應該不會演變成這種狀況吧。

所以傷害黑兔的人物，是故意對她下手。

而目擊到現場的耀和傑克，還有飛鳥一定都已經挺身戰鬥。

「——」

那麼，誰是加害者呢？

十六夜看了鬥技場一圈。

在這個現場裡，辦得到這種事情的人大概只有維拉．札．伊格尼法特斯吧？他原本心不在焉地這麼想——然而這個想法卻在看到白髮金眼的少年時被瞬間拋出腦外。

以無感情的眼神盯著殿下的十六夜對附近的仁提問：

「……喂，小不點少爺。」

「是……是的！」

「打傷黑兔和春日部的犯人，是那傢伙吧？」

十六夜刻意以似乎已經斷定的語氣來發問。

他的聲調完全沒有抑揚頓挫，而且語氣也極為冷酷，甚至讓所有認識十六夜的人都起了雞皮疙瘩。就連飛鳥和耀也是第一次看到十六夜居然會以這種語調講話。

依然面無表情的十六夜凝視著殿下並以緩慢的步伐向他走去，接著再度問了本人一次。

「……打傷黑兔的人，是你吧？」

他低頭看著年幼矮小的殿下，以不帶感情的聲音發問。

殿下從正面承接著他的視線，靜靜點頭表示肯定。

「沒錯，打傷那隻兔子的人是我。」

「是嗎？」

——瞬間。

十六夜將眼睛睜到最大。

「那麼——就沒有理由對你手下留情了！白髮小鬼——！」

伴隨著怒吼，十六夜以足以擊碎山河之力踢向殿下的側頭部。

「嗚啊……！」

這一腳把防禦的雙手都彈開，繼續攻擊到底。殿下並非沒有警戒，只是十六夜抱著種種怒意使出的這一擊，在這瞬間遠遠超過了殿下的反應速度。

殿下雖然被這出其不意的攻擊打得差點失去意識，還是使出了渾身力量停留在原地。然而這是下策中的下策，也是會影響勝敗的致命錯誤判斷。

他應該要被這一擊打飛出去才對。

因為只要能拉開一點距離——至少不會被逆廻十六夜逮中。

「你這傢伙……？」

殿下抓住十六夜的手腕施加壓力，然而十六夜的手臂卻紋風不動。

十六夜反過來握住殿下的手腕，憑蠻力把他往下一砸。

能夠撼動星辰的一擊讓鬥技場下陷，粉碎地盤，甚至連地下水脈都被貫穿破壞。

全身充滿憤怒的十六夜狠狠地捨棄了所有自制心，也完全不顧對周圍的影響追擊著殿下。平常戰鬥時總是會避免造成二次災害而自我克制的十六夜只有在這一戰中，放棄了所有的相關制約。

讓他捨棄信念和自制心的原因別無其他。

就像飛鳥和耀兩人也因怒氣而忘我那般——看到渾身是血的黑兔，讓十六夜發出宛如猛獸的咆哮，動手攻擊殿下。

「呀呵呵……？這……這可不妙……！」

照顧著黑兔的傑克慌慌張張地抱起黑兔逃往上空。飛鳥也抓住耀和她一起逃走，然而胸中並不感到安心。

望著第一次見識到的十六夜那種氣到發狂的樣子，飛鳥忍不住倒吸了一口氣。

「這……這真是……」

「……驚人的怒氣。」

兩人內心已經不再保持著先前的緊張感。任憑怒氣擺佈的十六夜即使面對那個白髮金眼的少年，依然展現出壓倒性的戰況。

第三拳不只破壞了鬥技場，連展示迴廊也遭受波及。拳頭造成的衝擊波讓都市中櫛比鱗次的磚造建築一間間瓦解，雖然只使出了三次攻擊，卻是宛如風暴的猛攻。

接連被擊中側頭部、心臟、側腹部的殿下口中吐出鮮血，屈膝跪地。雖然光是四肢還健全就足以讓人感到訝異，不過依然保持著意識這點更具備威脅性。

依然保持著憤怒表情的十六夜往前踏了一步準備繼續追擊。

殿下抬起頭來從正面望向十六夜——卻突然露出笑容。

「……太慢了，你們到底去做什麼了？」

十六夜往前疾馳，光是加速就能讓大氣燃燒殆盡。

接著他毫不猶豫地揮拳試圖給予殿下最後一擊，然而拳頭卻只是在空中劃過。

在彼此僅剩一點距離時，殿下的身影消失了。

「消……消失了……！該不會是白天那傢伙吧！」

「真有眼光。」

這時響起以裝模作樣的語調來嘲笑十六夜的聲音。

這像是在自我陶醉的聲音來自於鬥技場的瓦礫上。

原來瓦礫上出現了正在俯視染上黃昏色彩的「煌焰之都」的人影。但是人影並非只有一個。

在隨風飄揚的「吞食尾巴的三頭龍」——「Ouroboros」聯盟旗下，聚集了眼神炯炯發光的強者們。

「哎呀哎呀~真了不起。白天那時也是，妳算是獨具慧眼呢。不覺得這份謀略值得警戒嗎？軍師大人。」

「吵死了，現在別跟我說話。」

鈴以那宛如風鈴的聲音惡狠狠回話，並來到殿下身邊跪下。

「……奧拉小姐，殿下的情況如何？」

「沒問題，雖然傷勢看起來很重，不過完全沒有受到致命傷。似乎全都以毫釐之差來避開了要害。」

「當然，這一位是我等的首領，怎可能脆弱到被一個來歷不明的傢伙打倒。」

在那名擁有長長黑髮，外表惹人憐愛的少女——鈴的背後，有更多的強者齊聚一堂。

包括全身漆黑的獨角鷲獅子。

身穿詭異長袍的魔女。

還有散發出更強烈異彩，看來裝模作樣的人物——一名穿著紅藍對比色彩的鮮艷外套，形似小丑的男子，卻散發出最該警戒的壓迫感。

曾經和他們對峙的飛鳥和耀一瞬間就領悟出他們是何許人。

「那個穿長袍的女人——在『Underwood』受到襲擊時出現過。」

「黑色鷲獅子也是。所以，那個白髮的男孩子就是……！」

兩人從上空俯瞰聚集在此的魔王聯盟主力。

她們明白在「Underwood」的那場勝利絕非憑自己的實力獲得。對方每一個都是具備強大實力的強敵，輕率地發動攻擊只是下策。

剛剛把殿下痛打一頓的十六夜也沒有大意地發動攻擊，僅僅做出以帶刺視線瞪著他們的行動。面對總有一天無論如何都勢必要交手的仇敵，飛鳥和耀都因為難以抑制的興奮與緊張而發抖。

「他們……就是統率魔王的共同體。」

「魔王聯盟，和其首腦……！」

兩人一邊在上空盤旋，同時觀察事態發展。

雖然深切感受到自己的實力不足，但她們的戰意還沒有萎縮。

要是對方一口氣發動攻擊，兩人也已經做好站在第一線迎戰的心理準備。

魔王聯盟的眾人也一邊監視著他們兩人，同時靜靜治療殿下。在奧拉幫忙擦去血跡之後，殿下整理好服裝，並站在眾人——魔王聯盟一行人的前方。

「……鈴，打倒最強種的傢伙就是他嗎？」

「是呀。」

「是嗎？意思是那傢伙也是『原典(origin)』候補者嗎？」

殿下嘴角滲著鮮血，站在瓦礫上方俯視十六夜。

十六夜收起怒氣，瞪著背對黃昏色天空的他們。

在彼此都以彷彿見到仇敵的視線互相瞪視的情況下，殿下突然大笑了起來。

「……哈哈！真是驚人的偶然！沒想到『生命目錄』和『原典』候補者都隸屬於同一個共同體，目的物居然一直自己送上門來，事情進展得真是過於符合期待啊！」

「這正是殿下能成就霸業的天啟……要怎麼辦呢？如果您希望，我等現在……」

「不，等等，今天就暫且撤退吧。畢竟『Salamandra』的主力部隊也已經出動了。」

殿下伸手往宮殿一指。只見「Salamandra」根據地的宮殿中開始有大型的火龍接二連三地飛上天空。

至於鬥技場附近也有發現騷動的憲兵隊和曼德拉等人正趕往此處。

「雖然就這樣打起來應該也很有趣，不過畢竟我們獲得了混世魔王這顆棋子，還是來訂出方向好好玩一場吧……事前準備都完成了嗎，鈴？」

「嗯，混世魔王先生現在是隨時都可以發動遊戲的狀態。」

「是嗎。那麼已經沒有其他……不，還有一件事沒做呢。」

殿下抖著喉嚨笑了。就像是正好算準了這個時機，他附近的瓦礫動了起來。原來是珮絲特保護了被衝擊打飛的仁，直到現在才好不容易從瓦礫中脫身。

「謝謝妳，珮絲特。多虧有妳我才能得救。」

「……也沒什麼，畢竟我們是主從關係，這也是理所當然。」

珮絲特用力把頭轉開。

往下看著兩人這副模樣的殿下突然以白天那種親密的聲調呼喚他們：

「你們似乎平安無事呢，仁，還有珮絲特。」

「殿……殿下……！」

兩人猛然抬起頭。雖然珮絲特和魔王聯盟其他成員都立刻擺出備戰態勢，不過殿下只揮了揮手就制止了他們。

殿下在瓦礫上露出爽朗的笑容，稍微提高了音量。

接著他似乎很故意地在周圍也能聽到的狀況下開口：

「你們兩位，我今天玩得很開心！也不會忘記這一天！至於那件之前暫不回答的事情——

也就是加盟魔王聯盟的提議，你們記得好好考慮考慮！」

兩人用力倒吸了一口氣，同時也覺得不妙並趕緊張望四周。

在周圍已經有許多憲兵隊開始趕到現場的情況下，敵方大將居然講出這種話。更不用說城鎮中每個人都目擊到仁他們和殿下一起行動的光景。

再這樣下去，兩人都會被認定有擔任間諜的嫌疑，行動也會受到限制吧。

「殿下……你……」

「我故意演了這麼一齣戲，怎麼樣呢？我可扳回一城了，仁。」

殿下露出開朗而且還帶著親切的淘氣笑容。看到他笑得像是個惡作劇成功的小孩，讓人無法感受到絲毫的惡意。

直到這邊，仁才察覺殿下是在報復先前被自己揭發真面目那件事。

面對這極為天真無邪的笑容，仁一邊冒著冷汗，同時無奈地垂下肩膀。

「你這人……實在糟透了。」

「嗯，我自己也知道。」

殿下強忍著笑意。

站在他身邊的鈴也同樣望著珮絲特露出微笑。

「我也是認真的喔，珮絲特。妳一定會和我們站在同一面旗幟之下，我很期待那一天的到來。」

「……是嗎？不過抱歉，雖然不好意思，但我要正式拒絕妳的邀請。」

珮絲特以和之前截然不同，完全不帶迷惘的聲音回應。

雖然只有一點點，但珮絲特已經從仁這個主人身上看到了一線光明。的確，或許他還不成熟，然而珮絲特自己本身也一樣。既然自己有著想實現的願望，那麼在借助周圍的力量之前，首先應該要好好磨練自身才對。仁就是以自己的處世方式來傳達著這個道理。

僅僅背負著一百二十人命運的他都已經成功成長了。

那麼率領八〇〇〇萬死者靈群的自己沒有道理無法改變。

「我要和魔王聯盟徹底斷絕關係，今後若能碰面，就只有在戰場上……下一次我一定不會放過妳，如果想來見我，記得先做好適當的心理準備。」

珮絲特以毅然的語氣如此宣告。

聽到這番明確的宣戰布告，鈴終於收起那親切又可愛的笑容。

「是嗎……那麼我就觀賞到最後吧，看看八〇〇〇萬的怨聲是否真的具備改變星辰命運的價值。在那個夢想破碎之時——妳將會再度成為魔王。妳可以到那時再好好後悔，珮絲特。」

鈴留下宛如預言的言論，接著轉身離開。這便是她表達彼此分道揚鑣的意思。

她才剛回到殿下身邊，下一剎那就突然刮起以魔王聯盟一夥人為中心的暴風雪。

十六夜察覺到這風雪和混世魔王消失時屬於同樣的現象，為了絕不要忘記他們的全貌而目不轉睛地瞪著眾人。

「…………」

「何必那樣瞪著我呢，這場勝負日後必定會做出了結……一定會。」

在身影消失前的最後一瞬，殿下以黃金的雙眸凝視著十六夜。

而十六夜也一樣，直到他們完全消失的那一瞬間為止，都一直瞪著殿下。

恐怕——自己將要與這個少年相互廝殺吧。

在此同時，十六夜的內心也抱著這種彷彿感受到宿命的感慨。

終章

——「煌焰之都」Salamandra 宮殿，地下牢。

朦朧的月光從窗口照進堅硬的石板地。

夜空似乎已經從白天的萬里無雲整個轉變為多雲的陰天。

珮絲特一個人寂寞地抬起頭透過小鐵窗仰望月亮。

「……算了，聽說『煌焰之都』裡看不見星光。」

珮絲特在冰冷的石板地上嘲笑著文明的光芒。如果把吊燈比喻為地上的星星，那麼這顆明星也是消去天上星光的黑暗。

——溫暖的氣候和夜晚的光輝吞噬了群星的光芒。

對於因為陽光變弱而死去的「他們」而言，這可以說是最大的諷刺。珮絲特基於直覺，感到自己並不喜歡這片北方大地。

「不過……接下來該怎麼辦呢……」

珮絲特抱著自己那還顯稚氣的膝蓋蹲下。她和仁都被關進了地下牢，算是暫時性的處置。

雖然這只是形式上的動作因此大概幾天就能出去，不過再怎麼說這對待也未免太過分了。

然而真正的問題並不是這件事。

讓珮絲特從先前就抱頭苦惱的理由，是今後到底該怎麼對應鈴等人。

「果然……似乎還是太早了。」

雖然受情勢影響一時衝動就發表了宣戰布告，可是鈴和殿下的實力遠超過目前的自己。現在的珮絲特甚至找不出任何一絲勝算。

一旦在遊戲中或戰場上相見，自己就會在完全束手無策的狀態下失去性命吧。

萬一沒能回應八〇〇〇萬怨恨就先行消滅，她將暴露於永遠的譴責之中。

（…………）

珮絲特並不是覺得那樣很可怕。

只是對她來說，有一個無論如何都必須在箱庭達成的使命。

關於鈴之前對她說的那番話……很不可思議的是，有人說過和那些完全相同的狂言。那個人正是把珮絲特召喚到箱庭的魔王——率領「幻想魔導書群（Grimm Grimoire）」的男子。他曾經擺出彷彿想測試身為八〇〇〇萬死者靈群的他們的態度，這樣說過：

——束縛黑死病之死的宿命極為強固。

他曾經前往許多平行世界旅行，在所有的世界裡都確認了同樣的現象。

也因此這個現象並不屬於自然災害之類的機率論宿命。

而是獲得了星辰理想狀態的支持，隱含著更強固絕對性的命運吧——

「……這也當然，畢竟流行大爆發的理由和太陽週期有關嘛，並不是靠人力就能造成什麼影響的命運。」

珮絲特仔細體認著自己今後的目標究竟有多麼巨大，更用力抱緊膝蓋。

——然而即使如此，那個男子仍舊宣稱命運有可能改變。

那個男子說過這個箱庭世界是「遍及於所有可能性的空間」。

還說如果在箱庭，說不定就能成功向太陽復仇，並解開羈束了黑死病大流行的桎梏。

「妳就試著以八〇〇〇萬的怨恨和指責，來改變星星的宿命吧！」語畢，那個男子就狂笑著把他們召喚至箱庭。

「……算了，在那之後他好像被哪個人殺了。也因此我才會保持被封在彩繪玻璃裡的狀態，好幾百年都在倉庫裡積著灰塵。」

「唉～」珮絲特難得地嘆了口氣。而且障礙不是只有這樣。

就算找到方法，也一定會出現妨礙珮絲特的勢力。

黑死病的編年史也成為眾多國家和各式宗教的基礎，據說像魔女狩獵那樣受到檢查後才被殺害的人似乎也不在少數。

如此強大而且對眾多信仰造成背後影響的「歷史轉換期」並不常存在。如果珮絲特真的找到拔除關鍵的法，將會和所有相關神明與英靈們為敵，或許連一部分的魔王也會表露出敵意。

「我想改變黑死病的命運……不過，就算拿這種事情和仁或飛鳥商量……他們也不可能贊同我。」

「沒那回事喔。」

珮絲特真的差點發出很丟臉的淒厲慘叫，不過她還是拚命努力又硬吞了下去。

那是仁的聲音，看樣子他被丟進了隔壁的牢房裡。

為了排遣孤獨而一直在自言自語的珮絲特心中猛然湧上感到很不好意思的情緒，她漲紅著臉怒吼：

「真……真不敢相信……！既然有聽到我在說話，那就應該要早一點出聲才合乎禮儀吧……！」

「對……對不起，我真的從途中開始就一直想要開口，但是卻不知道該講什麼。」

「……哼。那，你從哪裡開始偷聽我講話？」

「呃……從『煌焰之都』裡看不見星光那裡。」

「這不是從一開始就全部聽到了嗎！」

珮絲特攤開毯子用力砸向牆壁。要是沒有這道牆，雙方應該會陷入更悲慘的情況吧。

因為珮絲特現在連耳根都紅透了。

「唉…………說不定我真的跟錯人了。」

「這……這種事情應該要在我聽不到的時候講吧？」

「你白痴嗎？我就是故意要讓你聽到。」

哼！珮絲特鬧彆扭似地重新抱膝坐下。以石板鋪地的牢房在晚上的氣溫會突然降低很多，是一個必須披著毯子把身體縮成一團否則難以度過的環境。

仁也一樣裹著毯子抱膝坐著，背對背地向珮絲特說道：

「話說回來，關於剛才的事情……我並不會反對喔。我想十六夜先生他們應該也是一樣吧。」

「……還真是謝謝你這麼親切。不過放心吧，我已經決定要靠自己的力量想出辦法，不會給『No Name』帶來麻煩。」

珮絲特表現出拒絕的態度，若是平常的仁，應該會在這邊就支支吾吾起來並結束話題吧。然而今天的他很難得地不願放棄。

「……我知道了，既然妳那樣說我也不再多說什麼。不過就當作是交換條件吧，妳可以告訴我一件事情嗎？」

「什麼？」

「珮絲特妳是怎麼死的？」

——這瞬間，剛剛為止的氣氛產生了劇烈轉變。

即使隔著牆壁也可以感受到的憤怒和殺意全都針對著仁。

如果沒有這道石牆，說不定珮絲特真的已經把他殺了。珮絲特靜靜表現出這深沉又激烈的殺意，並壓低音調回問：

「……真讓人意外，你為什麼要問這種事？我放出的詛咒看起來那麼深刻執著嗎？」

「我不是那個意思。只是妳從先前開始就很沒精神，實在很不像平常的妳，所以我想該不會是因為害怕牢房吧？」

「……嗚……！」

今天的仁真的是敏銳到讓人討厭的地步。

說什麼有沒有精神，他到底是以什麼基準來下判斷呢？又或者他其實只是在套話呢？珮絲特嘟起嘴嘆了口氣。

「如果真是那樣，我可以主動幫忙求情，至少讓妳先出去。畢竟不知道何時會發生下次襲擊，『Salamandra』想來也需要戰力。所以私底下套好話然後讓妳先出去應該沒有那麼困難——」

「不必了……那個……雖然我有點討厭牢房，但也沒那麼不忠心到可以把主人獨自丟在這麼寂寞的地方。」

珮絲特這樣說完，就在石板地上躺下。即使隔著毯子也可以感覺到的冰涼觸感讓她反射性地發抖。這石板的寒冷簡直會奪走所有體溫，十分足以讓人產生死亡的錯覺。

……雖然她本身已經旅行了一段幾乎快遺忘的長久歲月。

然而靈魂似乎依然記得迎接死亡時的寒冷。

兩人暫時都沒有交談，只意識著彼此的存在。最後無法在冰冷牢房裡睡著的珮絲特就像是宣告投降般地突然開口說道：

「……仁。」

「什麼？」

「雖然我不想承認，但你答對了……我得到黑死病之後，就被關進家裡的牢房，最後死在裡面。而且是由害怕傳染的父親親自動手。」

「────」

「急著想找出感染途徑而著急的父親把當時和我要好的農奴們全都殺光了。不管是男性、女性、老爺爺還是和我年紀差不多的小孩們……哼哼，現在想起來真的很蠢呢，竟然不知道黑死病的感染途徑其實是跳蚤或血液。也因為這樣，那些追殺著農奴把他們處刑的人們，還有參加這行動的父親本身也全都受到感染，不消多久一族就全滅了。你不覺得真的很無可救藥嗎？」

珮絲特以比平常更冷酷的聲調嘻嘻笑了。然而她的發言處處都透露出難以抑制的憎惡、憤怒，以及悲傷。

即使她已經度過了死亡，對父親的怨恨依然沒有變淡。

「……在我臨死之際，為了讓父親也能聽到，我在牢房裡大叫著：『去死、去死、大家都去死吧！』結果，大家真的都死了。不過呢，我也因此獲得了個小小的靈格。這好像叫做詛咒的成果吧？鈴說過以惡靈來說是個還算強力的靈格。」

「…………」

「至於接下來的事情……死後無事可做的我開始在歐洲到處亂晃，才知道原來到處都有因為類似境遇而死掉的人們。那些人雖然是浮遊靈之類的存在……不過該怎麼說？看到他們似乎很寂寞地眺望著活人，我實在看不下去於是決定拉著他們一起行動，不知不覺之間從歐洲來到了大陸，還旅行了數百年……最後一回神，已經成為總數超過八〇〇〇萬的大家族了，就是這麼一回事。」

好啦，我的身世講完了。

珮絲特以這種態度來敘述自己的生涯和第二次人生的軌跡。

靜靜聽著這段話的仁又保持了一陣子沉默，才突然開口說道：

「我都不知道……原來珮絲特妳這麼溫柔。」

「——什麼？」

「妳不是說妳看不下去嗎？還說妳去找出那些因為黑死病而死於非命的人們，特地拉著他們一起走。像這種為了不讓人感到寂寞而陪伴在對方身邊的行為，如果不是因為妳很溫柔根本辦不到。」

「……哼，謝謝你這麼偏心的感想。」

「我並沒有偏心。至少我已經看出妳想改變歷史的理由……嗯，珮絲特妳真的很溫柔。」

聽到仁滿懷感慨地這麼說，珮絲特嘟起嘴像是真的鬧起了彆扭。

像這種連自己也沒注意到的事情，即使被人如此稱讚，感到尷尬害羞的情緒反而會搶在喜悅前面，讓珮絲特不知道該回應什麼才好。

仁連連點頭，仔細思索珮絲特的發言後站了起來。

「——好，我決定了。等『No Name』的重建結束後，我也要幫忙。」

他隔著牆壁如此宣誓。

珮絲特用力倒吸了一口氣，瞪大眼睛彷彿聽到了什麼不可置信的發言。

「你……你突然講這什麼話……？」

「妳不方便向十六夜先生他們開口吧？那就由我來說明。就算他們說不行……那時我一個人也會幫忙妳。」

「不是那個問題！再怎麼說仁你也是領導人吧！怎麼可以把共同體丟下——」

「不要緊，這個問題已經解決了。反而因為今後也有了預定所以正好。」

自顧自得出結論的仁繼續講下去。

啞口無言的珮絲特聽著他的發言，隔著牆壁望著應該正位於另一側的主人。

「……你是認真的嗎？」

「是啊。為了回應八〇〇〇萬的聲援，妳的願望應該要實現。等到和魔王聯盟分出勝負，共同體的再興也有了著落之後……到時，我一定會成為妳的助力。」

仁在自己的宣言中灌注了全心全意的真摯，希望就算隔著牆壁也能傳達給珮絲特。

接收到仁這份心意的珮絲特隔著牆望著與自己正面相對的主人——接著放鬆表情，露出惹人憐愛的淺淺笑容。

「……是嗎？那麼，就把這句話當成契約內容吧。」

「契約？」

「嗯。不是魔王的隸屬，而是我和你……仁・拉塞爾個人締結的契約。只要你遵守這個契約……我就會一直承認你是我的主人。」

覆蓋月亮的雲層消散，滿月的光芒從鐵窗外傾注到兩人身上。

兩人讓手心隔著牆壁重疊，在牢房中交換了只屬於彼此的契約。

*

「這到底是怎麼一回事！」

曼德拉恫嚇般的吼聲在宮殿內迴響著。

魔王聯盟一派消失後，「No Name」的成員被認定有擔任間諜的嫌疑。其中涉嫌把珊朵拉

帶出宮外的仁和珮絲特被逮捕入獄，並進行審理以決定是否要讓他們參加召集會。

——然而，三人卻口徑一致地說：

「發動緘默權。」

「行使拒絕權。」

「以下，同右。」

「至少在這種時候也該認真回答吧你們這些混帳啊啊啊啊啊！」

砰咚喀鏘！曼德拉表演了掀翻辦公桌並造成震耳的聲響。這張以很符合創作之街的風格精雕細琢製造成的精緻桌子這下也已經毀了。

即使目前處於應訊現場，三名問題兒童仍擺出泰然自若的架勢，反而以像是責備的眼神瞪著曼德拉。

「首先，聽說把仁和珮絲特帶出去的不正是珊朵拉本人嗎？」

「還有在她身邊的魔王聯盟小孩，好像從滿久以前就開始出入宮殿吧？」

「……反而是你們『Salamandra』比較可疑。」

曼德拉遭到讓他啞口無言的正論反駁。

雖然累積了數倍的怒氣，但他大概也稍微冷靜下來了吧？曼德拉在椅子上坐下，像是頭痛般地嘆了口氣。

「關於這點我方也難辭其咎，其實……」

「『哈梅爾的吹笛人』魔導書就是跟那些傢伙買的吧？」

十六夜搶先一步打斷了他的發言。

曼德拉以沉痛的態度咬著嘴唇點點頭。

「……沒錯。自從姊姊出走之後，『Salamandra』一直暴露於分裂的危機之下。即使決定由珊朵拉繼任後這種狀況也依然持續……最後終於在兩年前演變成必須把根據地轉移到五位數的事態。」

「所以為了提昇共同體內部對珊朵拉的向心力，必須打倒魔王。這時那小鬼二人組的共同體就跑來提議……是這樣吧？」

「不，還有其他三人。分別是有點年紀並散發出嚴格氣質的僕人，身穿長袍的女性，還有一個金髮的女僕。」

「哦～？」十六夜隨口回應。

聽到這邊，已經很容易推論出事情的來龍去脈。

持有「哈梅爾的吹笛人」魔導書的魔王聯盟前來奉承曼德拉，建議他召喚珮絲特。

當曼德拉擔心年幼的珊朵拉是否能和魔王作戰時，他們應該是這樣回答的吧：

「那麼就以誕生祭作為藉口，把白夜叉大人也牽扯進來不就得了嗎？」

只要把身為最強「階層支配者」的白夜叉也捲入事件，即使是不成熟的珊朵拉應該也能夠戰勝魔王吧？對方就是以這種甜言蜜語來教唆曼德拉。

如此一來魔王聯盟不但可以輕鬆封印白夜叉，還可以解決新的階層支配者珊朵拉。

「換句話說是個一箭雙鵰之計嗎？」

「嗯，不過這樣一來，從『Salamandra』去探查魔王聯盟的線索就斷了……不過我還是想確定一下，你應該不知道那兩人是魔王聯盟的成員吧？」

「當……當然不知道！要是有聽說消息，我會更早就做出對應！」

曼德拉驚慌失措地辯解著，這下已經搞不清楚到底是哪邊在接受盤查。

眾人一起嘆了口氣，對不甚樂觀的前景感到憂心。

其中只有十六夜一個人以手搭著下巴並開始考察敵人的真正身分。

「……『吞食尾巴的三頭龍』嗎？」

「咦？」

「我是在說那些傢伙豎起旗幟的圖案。雖然乍看之下也很像是『Ouroboros』的圖案……不過實際到底是如何呢？」

十六夜很難得地講出了含糊的發言。

雖然還沒到十分確信的程度，但魔王聯盟高懸的旗幟上確實描繪著「Ouroboros」——「銜尾蛇」的圖案。

飛鳥和耀不解地歪著頭並以帶著緊張的視線向十六夜提問：

「十六夜同學對那個旗幟有什麼推論嗎？」

「唔，我還不確定。原本『Ouroboros』就是一個具備強烈多樣性的象徵，而且那旗幟應該還加上了某些改編要素。本來是被描繪成『吞食自身尾巴的蛇』，而且一般來說會被視為是『死亡與再生』或是『循環與回歸』之類和不死性有關的某種象徵，不過……」

十六夜講到這邊，沉默了一陣子。

然而或許是得做出再怎麼思考也找不到答案的結論吧。十六夜很快就聳了聳肩，和平常一樣哇哈哈笑了。

「……不管如何，這也代表我們總算逐漸可以看清敵人的全貌了，所以妳們兩個也要鼓起鬥志。」

十六夜露出狂妄的笑容，其他兩人也回應般地用力點了點頭。

「嗯，能從背後追上他們的日子也接近了。」

「那樣一來……總算能奪回了吧。」

要奪回共同體的「旗幟」和「名號」。獲得相關線索的三人意氣風發。

也獲得了回應和確信，讓明白至今為止的戰鬥都沒有白費的他們彼此擊掌。

「那些傢伙近日內就會再出現，下次就真的是要針對『階層支配者』了。」

「所有人到齊的時間是三天後，在那之前先做好準備吧。」

「嗯，也要趕快去跟黑兔報告——」

「呀……呀呼呼嘿呵呵！『No Name』的各位，不好了～！」

終章

這時擁有南瓜頭的傑克「砰！」地打開房門衝進室內。然而他並沒有發出平常那種開朗的笑聲，而是一種似乎失去平靜的怪聲。

看到傑克帶著這種不知道是在笑還是在困擾的聲音衝進來，讓嚇了一跳的三人面面相覷。

「怎麼了，傑克？」

「發生什麼事？」

「你肚子餓了？」

「肚子餓的人是妳吧，春日部小姐！」

「嗯。」

咕嚕～耀的肚子傳出叫聲。

然而傑克沒有繼續和耀閒扯淡，而是指著走廊。

「黑兔小姐她……黑……黑兔小姐她不好了……！」

三人的臉色猛然一變，換上緊張的神色。宮殿的醫生雖然說過黑兔沒有生命危險，但畢竟是那麼嚴重的傷勢，即使發生什麼變化也沒什麼好奇怪。

三人先回頭對曼德拉各自說道：

「不好意思，晚點再談吧。」

「麻煩你把仁弟弟放出來！」

「還有麻煩準備晚餐！」

「現……現在不是講那種話的時候啊！」

即使面對緊急狀況依然很忠於本能的耀以非常正經的態度歪了歪頭。

然而現在真的不是說笑的時候。三人和南瓜張皇失措地衝過走廊，趕往黑兔所在的病房。

來到門前之後，三人一起衝進房內。

「喂！黑——」

——這句話並沒有講完，其他兩人也是一樣。先前的氣勢到底算什麼呢？現在的他們就像是洩了氣的皮球，啞口無言地望著黑——不，眼前的「她」。

「各……各位……！」

幸好，「她」的情況已經恢復到取回意識。

大部分的傷口也已經痊癒，似乎並無大礙。然而現在的「她」卻出現了個問題，讓這些事情看起來都像是無關緊要的小事。而且，這問題甚至嚴重到讓人覺得或許身受重傷還算是比較好的結果。

飛鳥和耀不由自主地把嘴巴張開又合上。

「辛……辛勞……」

「……詐欺？」（註：黑兔的原文是「くろ（KURO）」+「うさぎ（USAGI）」，飛鳥和耀因為過於驚訝所以叫到一半就停口，聽起來就成了「辛勞（KUROU）」+「詐欺（SAGI）」。）

雖然對眼中正在湧出大顆淚水的她講出這種發言極為失禮，然而兩人的說法卻沒有錯誤，

甚至在並非比喻的程度上顯得很正確。

在床上痛哭的她壓著側頭部的耳朵，大聲慘叫：

「人……人家……人家的兔耳……兔耳不見了——！」

後記

各位好久不見了。這次承蒙您閱讀這本唬人的現代風異世界衷心誠意奇幻作品《問題兒童都來自異世界？銜尾蛇的聯盟旗》，實在非常感謝。

關於本集的封面，天之有老師有個讓人悲傷的訊息想要告知各位讀者。

天之有：「各位以為那是內褲嗎？才不是！其實那是內搭安全褲所以ＯＫ啦！」

……嗯，好像就是這麼一回事。我一開始也有針對這點請教過天之有老師，可是卻收到非常理直氣壯的回應所以不由自主地給了ＯＫ。真是寡廉鮮恥……再多做一點！

所以既然完成了這樣的封面，我也只好寫出以珮絲特為主的一集了。

如果有讀者因為十六夜和黑兔戲分太少而感到不滿，請怨恨選擇珮絲特當封面的編輯部還有讓內搭褲走光的天之有大老師，不是我的錯。

接下來要稍微宣傳一下。

沒想到《問題兒童都來自異世界？》居然決定要改編成動畫了！

後記

而且要從一月開始播放！也就是從下個月開始！（註：此指日本時間。）

雖然聽我提到這件事的同業作家老師們每一位都擔心「日程真的沒問題嗎？」，不過製作小組的成員們都很努力地製作出了似乎很有趣的成果。

我個人執筆時原本已經乾脆認定這是一部不可能化為影像的作品，所以現在看到跨媒體改編可以像這樣進展下去，實在覺得非常感謝。

分別由七桃老師和坂野老師擔綱的兩種漫畫版的第一集也即將發售，對漫畫版有興趣的讀者還請務必多多支持。

那麼，問題兒童系列已經來到第六集，我想各位讀者也差不多開始判斷出這世界的法則性了吧？其實有些謎團我本來想要放到更後面再揭曉，然而關於這部分卻因為「佛曰不可說的原因」而提早……（咳咳！）

本集是戰鬥和解謎都比較少出現的一集，但這種情況只到本集為止。

下一集的聯盟旗篇中，將會展開全面戰爭。

竜ノ湖太郎

後台
下集
預告!!
ES
久等了！
這是後台
配角的特別篇！
因為這集裡我們幾乎
都沒有出場的機會。
這次我根本
完全沒有戲分！
提到沒有戲分這事，不覺得最近
十六夜的戲分特別少嗎？
……關於這個問題，
下一集的劇本這樣寫著：
「其實到目前為止，十六夜
還未曾成為故事的中心」。
嗯！所以下一集終於是以
黑兔和十六夜為主的故事！
大家要抱著期待心情等候出版！
還有ザ·スニーカーWEB網站上刊載了
十六夜他們去挑選禮物的短篇故事，
這部分也請多指教啦。

第七集預定在冬季出版！

Kadokawa Light Novels

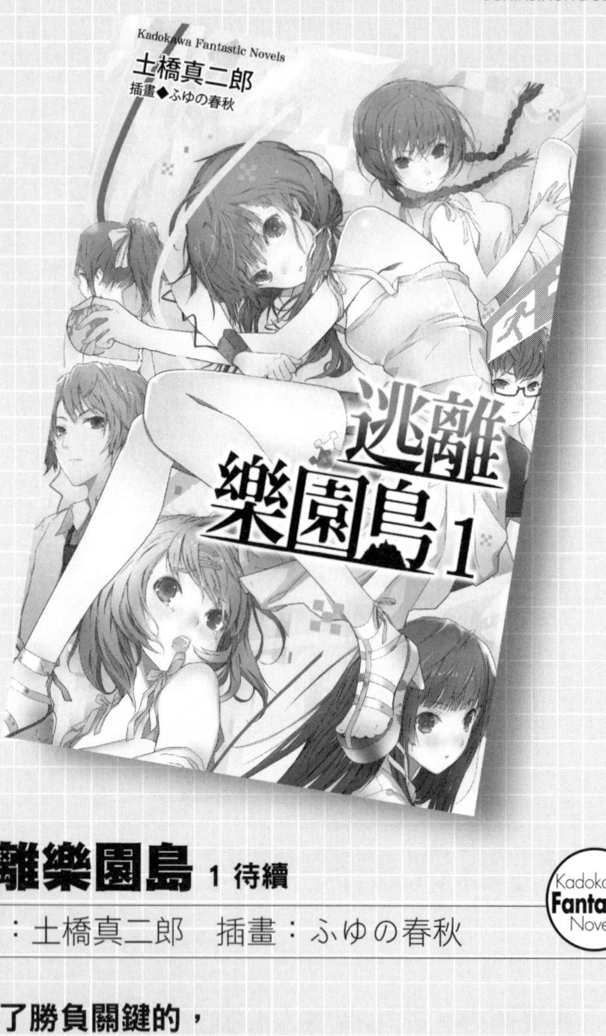

逃離樂園島 1 待續

作者：土橋真二郎　插畫：ふゆの春秋

掌握了勝負關鍵的，
是自己與搭檔的「價值」？

高中生活的最後一個暑假。聚集於無人島上，男女加起來共一百名學生們以逃離無人島為目標互相競爭。被「極限遊戲社」的社員們視為怪人，備受矚目的沖田瞬雖以最快速度看穿了這場遊戲的本質。另外，只發給女孩們的神祕機器又隱藏著什麼──？

NT$180/HK$50

國家圖書館出版品預行編目資料

問題兒童都來自異世界？. 6, 銜尾蛇的聯盟旗 / 竜ノ湖太郎作 ; 羅尉揚譯. -- 初版. -- 臺北市 : 臺灣國際角川, 2013.08

面 ; 公分. -- (Kadokawa fantastic novels)

譯自：問題児たちが異世界から来るそうですよ？ ウロボロスの連盟旗

ISBN 978-986-325-540-6(平裝)

861.57 102012208

Kadokawa
Fantastic
Novels

問題兒童都來自異世界？ 6
銜尾蛇的聯盟旗

（原著名：問題児たちが異世界から来るそうですよ？ウロボロスの連盟旗）

2013年8月15日　初版第1刷發行
2022年3月18日　初版第9刷發行

作　　者：竜ノ湖太郎
插　　畫：天之有
譯　　者：羅尉揚

發 行 人：岩崎剛人
總 編 輯：蔡佩芬
副總編輯：朱哲成
設計指導：陳晞叡
印　　務：李明修（主任）、張加恩（主任）、張凱棋

發 行 所：台灣角川股份有限公司
地　　址：104台北市中山區松江路223號3樓
電　　話：（02）2515-3000
傳　　真：（02）2515-0033
網　　址：www.kadokawa.com.tw
劃撥帳戶：台灣角川股份有限公司
劃撥帳號：19487412
法律顧問：有澤法律事務所
製　　版：尚騰印刷事業有限公司
ＩＳＢＮ：978-986-325-540-6